곰 선생의 고전 만화 해제

소설편

길찾기

달콤하지만 지혜가 담긴 훌륭한 당의정

　대학시절, 교양강좌시간. 교수님께서 수강생들에게 최근에 감명 깊게 읽은 책을 물으셨습니다. 누구나 한 번 들었음직한 세계 명작소설과 당시에 인기를 끌었던 베스트셀러의 이어달리기를 지켜보며, 저는 문득 치기 어린 반항심이 생겼던 모양입니다. 제 입에서 여동생에게 빌려 보았던 순정만화의 제목이 만들어지자, 딱하다는 표정의 시선이 주위에 가득해졌습니다. 그것은 흡사 만화가게에 다녀온 날 부모님이 보여 주셨던, 혹은 수업 도중 친구에게 얻은 만화책을 빼앗겼을 때 선생님께 얻었던 따가운 시선을 닮았습니다. 독서의 온전한 목록에서 만화책을 지우려 했던 그분들의 시선은 만화책이 베스트셀러가 되는 요즘에도 여전한 듯합니다.

　어릴 적 그림책으로 보아 왔던 옛 고전들의 맨 얼굴을 보는 학생들의 표정은 창백해집니다. 약효만 믿고 숟가락을 덥석 물기에는, '고전 읽기'는 첫술부터 많은 생채기를 남기곤 합니다. 학생들의 애독서에서 고전(苦戰)을 면치 못한다는 점에서, 우리의 고전은 어른들에게 내몰렸던 만화처럼 힘겨운 처지에 놓여 있습니다. 『곰선생의 고만해』는 겉은 만화처럼 달콤하지만, 속은 선인들의 지혜가 담긴 훌륭한 당의정입니다.

　'고전소설만화해제'라는 부제가 매여 있지만, 무서운 호랑이의 꾸짖음을 듣는 유학자 북곽 선생의 마음처럼 불편한 심정이 되는 건 선생님으로서 가지는 자격지심일런지요. 김홍도의 그림을 패러디한 표지 그림에 울고 있던 아이 대신 그 자리에 내몰린 훈장 선생님의 모습을 쳐다보며 유쾌해 할 아이들의 표정을 떠올리다가 저도 함께 웃어 버리고 말았습니다. 어찌되었든 어리석은 가르침은 "그만해"야 하겠지요.

　한지에 그려진 먹물선의 예스러운 그림체는 선인들의 생활 공간을 엿보는 즐거움을 시각적으로 예고해 주고, 원작의 분량에 구애됨이 없이 일정한 압축율을 보여주는 짜임새 있는 칸 구성과 배치가 참신합니다. 고전을 이야기하면서도 어려운 한자가 단 하나도 보이지 않는다는 점과, 편안하게 이야기하면서도 깊이와 재치를 잃지 않는 해석이 돋보이는 해설도 '가벼움'의 한계를 살짝 넘어서고 있습니다.

 사회성 짙고 고급스런 만화책을 출판해 오는 길찾기 출판사의 결과물이라는 점도 책에 대한 믿음을 보태 주었습니다. 글 작가이신 이정호 님과 그림작가이신 김경호 님에 대한 호기심만큼이나 소개된 이야기들의 나머지 이야기나 아직 소개되지 않은 이야기들의 후속편들이 벌써부터 기다려집니다.

 이 책을 읽는 학생들을 가르치는 선생님들은 행복할 것입니다. 아이들이 고전 읽기의 재미를 알았을 테니까요. 하지만 이 책을 읽은 아이들을 가르치는 선생님들은 불행해질지도 모르겠습니다. 곰선생님보다 재미있게 이야기해 주지 않으면 고전 시간에 아이들의 겨울잠을 깨우기 어려워질 테니 말입니다.

2007년 4월

왕지운 (전국국어교사모임 고전기획위원, 경인여자고등학교 교사)

고전문학, 잊혀진 보물의 세계에 도달하기 바라며

고전을 펴들었다. 나도 모르게 눈런 저 끝에서부터 졸음이 밀려 왔다. 안 된다. 읽어 보자. 하지만 지면의 바다를 표류하는 외국어들의 행렬. 아니, 이것은 한국 고전이 아니었나? 왜 내용 해독이 되질 않는 거야? 외국 여행의 즐거움이 아니라 차를 놓치고 길도 잃어버린 국제 미아의 난감함, 혹은 스멀스멀 심장을 기어가는 불안들의 낯설음…. 우리의 고전 읽기는 대체로 이렇다. 길에서 개의 영역 표시를 발견했을 때의 태도. 더러워서(어려워서) 피한다.

길 가는 사람 잡고 물어보면 말한다. 고전은 중요하다고. 조금은 얄미운 기분이 들어 집요하게 따진다. 왜 중요하냐고. 그럼 말하겠지. 조상의 지혜를 배울 수 있고 당대인의 생활과 생각을 알 수 있으며 현실의 우리를 반성할 수 있게 한다 운운. 하지만 그 말은 거짓이다. 우리는 고전을 읽지 않기 때문이다. 말과 행동이 다르다. 무슨 개그 프로도 아닌데 '언행일치'가 되지 않는 것이다.

이때 불쌍해지는 것은 이 땅의 수험생이다. 우리 모두가 피하고 싶은 그 고전을 그들에게만 공부시킨다. 자기들은 읽지 않으면서, 그들에겐 시험을 무기로 휘두르며 고전을 읽힌다. 그나마 고전의 전체가 아니다. 교과서에 실린 아주 일부분. 그리고 선생님들이 입으로 때운다. 선생님들은 또 무슨 죄인가? 안 그래도 입 아픈데 고전에 대한 립 서비스는 너무 큰 에너지 낭비인 것이다. 이 작품의 줄거리는 뭐다. 인물의 특성은 어떻다. 주제는 뭐고, 시대적 의미와 가치는… 등등. 아이들이 읽어 봤다면 훨씬 더 편하게 던져 줄 내용들을 힘들게 던져 과도하게 고요한 취침 시간을 만든다.

이 책은 바로 그런 문제적 상황에 주목했다. 고전의 '가치'도 중요하긴 하지만, 고전의 '재미'를 알려주고 싶었다. 사실, 〈춘향전〉이나 〈조웅전〉이 어떤 소설인가? 그때 당시만 해도 가장 잘나가던 이야기들이 아닌가? 〈해리 포터〉가 부럽지 않은 최고의 인기 소설이었다. 다시 말하면, 그 작품들에는 분명한 '재미'의 요소들이 있었던 것이다. 만약 독자들이 그 재미를 알아 버린다면 읽지 말라고 해도 밤새워 읽어 버릴 것

이다. 소설은 원래 그런 것이 아니었던가. 고전이 어려워 기피하는 현실과, 고전을 읽어야 하는 당위성 사이는 태평양만큼 넓고도 아득하다. 우리에겐 그 바다를 건널 배가 필요하다. 그리고 그것을 통해 모험과 즐거움으로 가득 찬 항해를 할 수 있다면 더욱 좋을 것이다.

  이 책은 고전에 관심이 있지만 어려워 멀리한 사람, 눈물을 머금고 고전 문학을 공부해야만 하는 수험생 모두에게 친절한 안내자가 될 것이다. 또, 우리가 잘 몰랐던, 정말 새로운 작품들도 알려 줄 것이다.

  독자 여러분 모두가 이 배를 타고 고전 문학의 육지에 도달하길 바란다. 거기는 잊혀진 보물의 세계다. 다이아몬드, 사파이어, 루비처럼 휘황찬란하진 않지만 볼수록 은근한 빛을 내는 한국 고전의 보석들을 만날 수 있을 것이다.

2007년 4월
이정호

|목차|

1. 환상소설
유령과의 사랑 만복사저포기 13·이생규장전 21
공포와 괴기 장화홍련전 33·설공찬전 45·숙영낭자전 55
꿈과 현실의 경계 구운몽 65·운영전 77

2. 영웅소설
남성영웅 홍길동전 91·조웅전 101·최고운전 111
여성영웅 홍계월전 121·박씨전 131·숙향전 141

3. 우의소설
가전체문학 국순전 157·공방전 165
판소리소설 토끼전 175·장끼전 185

4. 애정소설
슬픈 사랑의 결말 심생전 199·주생전 209
고난을 이겨낸 사랑의 완성 춘향전 219·채봉감별곡 227

5. 가정가문소설
올바른 가정의 도리 사씨남정기 243·창선감의록 253
파란만장한 가족모험기 최척전 261

6. 풍자비판소설
양반비판 양반전 275·허생전 283·호질 291·광문자전 301

함께 읽어도 좋은 작품 소개

만복사저포기·이생규장전 취유부벽정기 31
장화홍련전 콩쥐팥쥐전·김인향전 43
설공찬전 남염부주지 53
숙영낭자전 윤지경전 64
구운몽 옥루몽 76
운영전 심생전·원생몽유록 85

홍길동전 전우치전 99
조웅전 유충렬전 109
최고운전 임진록 119
홍계월전 이춘풍전 129
박씨전 임경업전 139
숙향전 백학선전 151

국순전·공방전 국선생전 173
토끼전·장끼전 서동지전 193

심생전·주생전 최랑전 217
춘향전·채봉감별곡 옥단춘전 237

사씨남정기·창선감의록 반씨전 260
최척전 남윤전 269

양반전·허생전·호질 마장전 299
광문자전 예덕선생전 310

1. 환상소설

　문득 영국 런던에 사는 해리 포터를 만났다. 그는 일찍이 부모님을 여의고 불행한 생활을 하다가 마법의 호그와트를 알게 된다. 우리가 너무나 잘 알고 있는 〈해리 포터〉 얘기다. 그리고 흔히 '판타지 소설'하면 떠올리는 이미지가 된다(〈반지의 제왕〉을 떠올릴 수도 있겠다). 마법, 괴물, 마법사와 마녀, 오크와 드래곤(용(龍)이 아니라 '드래곤'이다)이 어지럽게 포크댄스를 추는 이미지.

　독자들은 언제부턴가 '판타지'라는 장르를 알게 되었고 즐기는 수준에까지 이르렀다. 우리는 인터넷 게시판에 떠도는 미모의 처자에게 '엘프녀'라는 대단히 판타지스러운 이름도 붙일 수 있게 된 것이다. 어려운 독서를 기피하는 현재의 독서 현실에서 '판타지'는 대단히 매력적이고 편안한 장르다. 하지만 '판타지'라는 이름에서도 드러나듯이 이 장르의 내용 속속들이는 무척이나 버터 냄새가 난다. 호랑이 담배 피우던 시절에 동해 용왕이 토끼를 디너 파티에 초대하던 것과는 너무나 다른 것이다.

　옛날이야기를 해 주시던 할아버지 할머니가 양로원이나 파고다 공원으로 몰려난 이 시절에 우리는 더욱 우리의 '판타지'에 대해 알 수 없게 되었다. 하지만 엄연히 동양에는

동양의 판타지가 있고, 한국에는 한국의 판타지가 존재해 왔다. 엘프와 드래곤에 마법을 곁들인 패밀리 레스토랑도 좋지만, 선녀와 용왕, 도술이 난무하는 구수한 청국장집도 가 볼 필요가 있지 않을까?

  그래서 갈래 이름도 '판타지'보다는 덜 이국적인 '환상 문학'이다. 우리는 여기서 새로운 신비의 동굴로 여행을 떠난다. 범위를 좀 더 넓혀서 공포와 괴기의 영역까지도 이 환상 문학의 영역에 포함시켰다. 흡혈귀의 고성이나 달맞이에 광분하는 늑대인간만 읽지 말고 우리 동네에 살고 있는 귀신 도깨비도 좀 봐 달라는 의미에서다. 더구나 우리네 것은 단지 공포만을 목적으로 하지 않는다. 거기에는 애절한 사랑과 삶의 의미, 그리고 구수한 교훈들이 담겨 있다.

  할머니 할아버지에게 듣는 것보단 못할지라도 즐거운 한국 판타지의 세계가 여기에 있다. 시험에 나오기 때문에 읽는 것이 아니라 옛날이야기를 듣듯이, 신기하고 환상적인 우리네 소설 속으로 여행을 떠나 보자.

만복사저포기

옛날 전라도 남원땅에 양생이란 사람이 있었습니다.

양갱이 아니라네 양생이라네~♪

일찍이 어버이를 여의고 만복사 동쪽 방 한 칸에서 외롭게 살아가고 있었습니다.

한그루 배꽃나무 적적함을 짝하니
시름도 많아라, 달 밝은 이 밤이여
사나이 홀로 누운 외로운 창가에
어디서 들려오나 고운 님 퉁소 소리

외로운 비취는 제 홀로 날아가고
짝 잃은 원앙새 맑은 물에 노니는데
어느 집에 언약 있나 바둑돌 두드리고
밤 등불에 점치고는   시름겨워 창에 기대노라

딩 ♪

※ 저포 : 윷과 비슷한 전통놀이

※인귀교환설화 : 인간과 귀신이 서로 사랑을 하거나, 의사교환을 하는 내용의 설화
※시애설화 : 죽은 시체에 집착하는 내용의 설화
※명혼설화 : 저승에 간 혼이 이승으로 돌아오는 내용의 설화

만복사저포기·끝

만복사저포기에 대하여

한 외로운 청년이 있다. 그는 불상에게 멋대로 내기를 걸고 저포놀이를 한다. 청년은 승리하고 그 대가는 '사랑'이었다.

이 소설의 첫 번째 재미는 청년과 불상의 내기에 있다. 사실, 내기가 성립하기 위해서는 불상과 청년 모두가 동의를 해야 한다. 하지만 불상은 그저 그대로 있었을 뿐이다(현실적으로 어떤 불상이 얘기를 할 수 있단 말인가?). 실제로는 청년 혼자 북 치고 장구 친 것에 불과하다. 그럼에도 사랑의 대상인 어여쁜 처녀가 그날 밤 찾아오고 청년은 소원을 이루게 된다. 불상은 소원을 들어준 것일까? 그냥 우연일 수도 있겠지만, 만약 불상이 소원을 들어준 것이라면 거기엔 약간의 장난(유머)이 들어 있다. 그 어여쁜 처녀는 다름 아닌 '유령'이었기 때문이다.

청년은 처음에 그 사실을 모르다가 나중에 처녀의 부모님을 만나고 그녀가 산 사람이 아니었음을 알게 된다. 그러나 청년은 여전히 그녀에 대한 사랑을 거두지 않는다. 여기에 이 작품의 두 번째 재미가 있다. 저포놀이를 통한 장난스러운 사랑이 사실은 정말 진지했던 것이다. 더구나 처녀가 자신은 이제 다른 곳에 남자의 몸으로 환생한다는 사실을 밝혔어도 청년은 끝내 장가도 가지 않고 혼자 살다 소식이 끊어진다. 무슨 멜로드라마나 순정만화의 주인공처럼, '일편단심 민들레'의 모습을 청년은 보여주고 있다.

유령은 실체가 없다. 남들이 보기엔 이해할 수 없는 사랑이다. 부처님이 맺어 줬다는 것도 거짓이다. 어느 부처가 할 일 없이 백수 청년의 소개팅을 주선해 주겠는가? 그저 청년의 그럴듯한 변명일 뿐이다. 아마도 청년은 작가 '김시습'의 모습을 대변하는 듯하다. 김시습은 '생육신'의 한 사람으로 세조의 쿠데타를 용납하지 않았다. 죽은 단종에 대한 충심을 계속 갖고 있었는지도 모른다. 아무도 잊힌 권력에 집착하지 않는다. 현실의 권력만이 중요한 것이다.

하지만 역시 이런 식의 '작품 읽기'는 재미가 없다. 그저 신기하고 괴상한 사랑 이야기라면 어떻겠는가? 오래 전의 홍콩 영화 〈천녀유혼〉처럼, 아리따운 처녀 귀신과 순수한 한 청년의 사랑 이야기라고 해도 이 작품의 가치는 사라지지 않는다. 공포와 환상을 오가다가 애틋한 슬픔으로 마무리하는 이 이야기는 재미의 종합 선물 세트다. 한 편에 멜로드라마와 호러, 그리고 약간의 코미디가 적절하게 섞여 있다. 독자는 그냥 이야기를 따라가기만 하면 된다. 중요한 것은 편하게 즐길 수 있는 마음이다.

독자여, 마음을 열어라. 재미가 함께할 것이다.

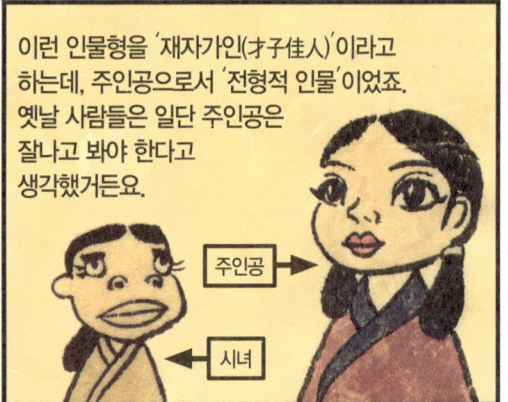

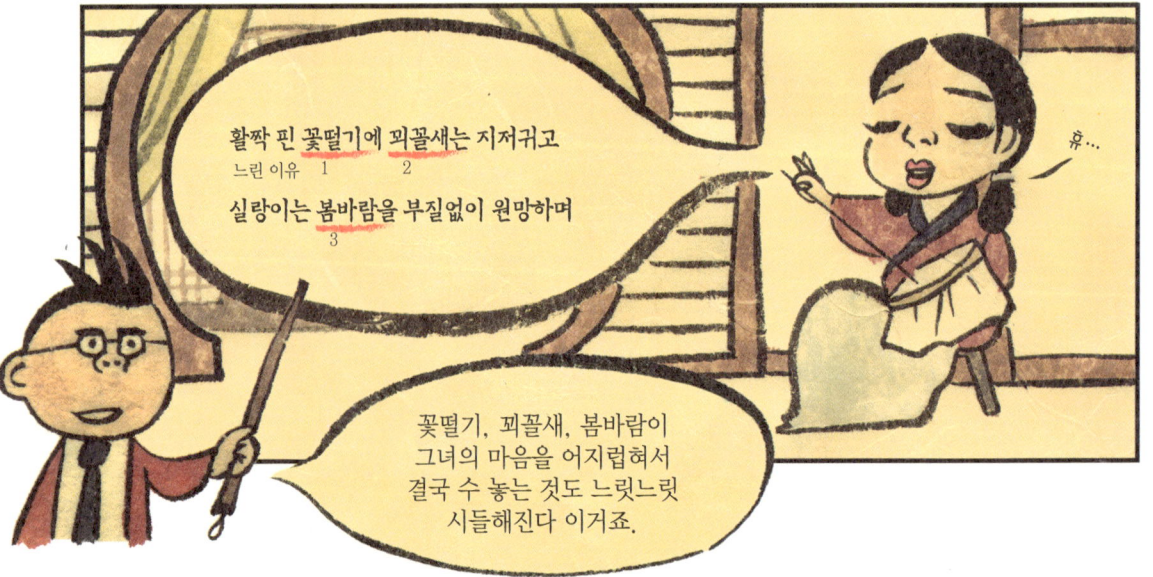

이생규장전·끝

이생규장전에 대하여

우리 주변에는 너무나 많은 사랑 이야기가 있다. 극장의 영화 속에서, TV의 드라마 속에서, 또 잘 생기고 섹시한 가수들의 노래 속에서 그것은 수없이 발견되고 되풀이된다. 다양한 장르와 다양한 형식에도 이 사랑 이야기에는 비슷한 점이 있다. 그 대부분이 사랑의 슬픔을 노래한다는 것이다. 남녀가 만나서 아무런 장애 없이 사랑을 이룬다면 좋을 텐데, 이상하게도 이놈의 사랑 얘기 속에는 시련만 가득하다. 아마도 일반적으로 우리의 사랑이 갖는 속성 때문에 그런 것 같다. 이루어진 사랑은 금방 시들해진다. 결혼하고 부부로 산다는 것은 또 다른 사랑의 영역인 것이다. 대신에 이루어지지 않은 첫사랑은 마음속에서 아름답게 채색되고 이상화된다. 자꾸만 그리움으로, 아름다운 추억과 전설로 기억되는 것이다.

〈이생규장전〉의 사랑도 마찬가지다. 작중 인물인 이생과 최랑은 여러 가지 사랑의 시련을 맞이한다. 첫 번째 시련은 집안의 반대다. 전통에 빛나는 사랑 이야기의 전형적 시련—집안의 반대. 동서고금을 막론하고 사랑 얘기에서 이런 시련은 너무 흔하다. 그래서인지 둘의 노력으로(특히 최랑의 노력으로) 그것을 금방 극복한다. 하지만 사랑의 시련은 다양하게 준비되어 있다. 곧바로 외적(홍건적)의 난리로 최랑은 죽어 버린다. '사별'은 사실 사랑 얘기의 끝이다. 죽으면 남겨진 사람의 눈물 얘기뿐, 더 이상 진행할 건덕지가 없다. 그럼에도 〈이생규장전〉은 끝나지 않는다. 그들의 사랑은 죽음마저 이겨내는 것이다. 혼령이 되어 찾아 온 최랑을, 이생은 반갑게 맞이하고 다시 부부의 관계를 유지한다(보통 사람이라면 아마 두려움으로 절대 받아들이지 않았을 것이다). 그러나 그것으로 끝이 아니다. 시련은 또 찾아온다. 삶과 죽음의 운명이 그들을 갈라놓는 것이다. 끝내 둘은 이별하고 마지막 시련은 극복되지 않는다. 결국 이야기는 비극인 것이다.

하지만 우리는 이런 이야기를 좋아한다. 수없이 많은 시련을 극복하는 이야기. 시련의 크기가 클수록 사랑의 깊이 역시 깊어진다. 강력한 시련을 이겨 나가는, 더욱 강력한 사랑 이야기는 우리에게 과연 '사랑'은 무엇인지 다시 한 번 음미하게 해 준다. 그 사랑이 이루어지지 않았기에 더 안타깝게 기억할 수 있다. 비극이라는 사랑의 한 단면을 확인할 수 있는 것이다.

〈만복사저포기〉, 〈이생규장전〉과 함께 읽어도 좋은 작품

〈취유부벽정기(醉遊浮碧亭記)〉

〈취유부벽정기〉(醉遊浮碧亭記)는 김시습의 금오신화에 실려 있는 작품이다. 위의 두 작품과 마찬가지로 세상을 하직한 여자와의 사랑을 다루고 있다. 유령을 사랑하는 김시습의 독특한 주제의식이 공통적으로 드러나는 작품이라 하겠다. 〈취유부벽정기〉는 기자조선의 도읍지로 알려진 평양을 배경으로 하여 한 남자 상인과 죽어서 선녀가 된 기자(箕子)의 딸 사이에 이루어진 정신적인 사랑(순전히 말만 한다!)과 나라의 흥망에 대한 회고의 정을 진하게 담은 애정소설이다. 소설의 내용상 '명혼소설(冥婚小說)' 또는 '시애소설(屍愛小說)'이라고도 부른다.

• 줄거리

개성의 상인 홍생(洪生)이 달밤에 술에 취하여 대동강 부벽루에 올라가 고국의 흥망을 탄식하는 시를 지어 읊는다. 한 아름다운 처녀가 나타나 홍생의 글재주를 칭찬하면서 음식을 대접한다. 홍생이 처녀와 시로써 화답하며 즐거운 시간을 보낸다. 좀 더 친숙해진 감정을 느낀 홍생은 처녀에게 어떤 사람인지를 묻자, 처녀는 위만에게 나라를 빼앗긴 기자의 딸이었는데 천상계에 올라가 선녀가 되었다고 말한다. 그런데 달이 밝자 고국 생각이 나서 내려왔다고 자신을 소개한다. 기씨 여자는 홍생의 청을 받고 시 한 수를 더 읊는다. 그 내용은 자기들의 사랑의 아름다움과 고국의 흥망성쇠에 관한 것이다. 그 뒤에 그녀는 천명을 어길 수 없다며 사라지고 홍생은 귀가하여 기씨 여자를 그리워하다가 병이 든다. 어느 날 홍생은 기씨 여자의 도움으로 하늘에 올라가게 된다는 내용의 꿈을 꾸고 세상을 떠난다.

〈만복사저포기〉, 〈이생규장전〉과 함께 읽어도 좋은 작품

　〈취유부벽정기〉는 공간적인 배경을 평양으로 설정하고 역사적 인물을 등장시킴으로써 문학적 구체성과 역사의식(이제는 망한 나라와 왕조에 대한)을 보여주는 작품이다. 남녀 간의 사랑을 제재로 하고 있다는 점에서는 같은 작자의 작품인 〈만복사저포기 萬福寺樗蒲記〉및 〈이생규장전 李生窺墻傳〉과 동일하다. 특히 사랑의 대상이 지상의 현실적 존재가 아니라는 점은 김시습의 작가적 현실과 상통한다는 면에서 공통점이라고 할 수 있다. 하지만 실제 결혼으로 이어지지는 않고 그저 정신적인 사랑의 차원에서 둘의 사랑이 이루어진다는 점은 위 작품들과 다르다.

장화홍련전·끝

장화홍련전에 대하여

자매가 억울하게 죽었다. 귀신이 되어 그 고을 사또의 방에 듀엣으로 나타난다. 상황만 들어도 섬뜩하고 무서운 공포 영화의 한 장면이 떠오른다. 과거 〈전설의 고향〉이란 드라마에서 납량특집으로 자주 다루었던 장면이기도 하다.

〈장화홍련전〉은 바로 그런 얘기가 줄거리를 이룬다. 파란색 불빛으로 조명이 바뀌면 나타나는 2인분 귀신의 곱빼기 공포! 하지만 그토록 친숙한 장면들과는 다르게 작품의 세부적인 내용들은 잘 알려져 있지 않다. 이를테면, 왜 계모는 장화를 죽이는가? 또 장화에게 누명을 씌우고 그녀를 죽여야 한다고 계모가 주장할 때, 그의 남편(장화 홍련의 친아빠)은 왜 그 내용에 동의했는가? 그리고 왜 그는 벌을 받지 않는가?(계모와 그의 아들들은 모두 참형을 받아 죽게 되는데, 이건 너무 불공평하지 않은가?)

사실 〈장화홍련전〉은 자극적인 공포 영화의 요소만 너무 부각된 감이 없지 않다. 거기에 숨어 있는 당대 사회의 문제들은 비명과 괴기스러움에 묻혀 버린 것이다. 약간의 시각만 달리하면, 이 작품의 의미는 전혀 다르게 파악될 수도 있다. 고전이 시대를 넘어 새로운 해석이 가능한 작품을 말하는 것이라면, 〈장화홍련전〉 역시 고전의 대열에 낄 수 있을 것이다.

〈장화홍련전〉과 함께 읽어도 좋은 작품

〈콩쥐팥쥐전〉, 〈김인향전〉

장화와 홍련이의 이야기는 계모의 질투와 경제적인 욕심에서 비롯한다. 그런데 악당이자 마녀 같은 계모의 이야기는 동서고금을 막론하고 전지구적으로 퍼져 있다. 그 대표격이 바로 〈신데렐라〉 이야기다. 12시 통금과 신발 한 짝으로 왕자를 열렬한 구애자로 만들어 버린 그 이야기가 우리나라에서는 〈콩쥐팥쥐〉의 이야기로 더욱 친숙하게 알려져 있다. 장화와 홍련이는 콩쥐와 마찬가지로 전처의 소생이고 후처로 들어온 계모는 전처의 딸을 학대하고 누명을 씌우며 심지어는 죽여 버리기까지 한다. 그에 따라 계모는 벌을 받고 전처의 딸은 원래의 자리로 돌아가 행복한 결말을 맛보게 된다. 이런 계모의 이야기는 〈콩쥐팥쥐〉 말고도 〈김인향전〉 같은 작품에서 더 두드러지게 나타나는데, 이 작품의 경우에는 많은 부분이 〈장화홍련〉과 유사해서 아류작이라고 불리기도 한다.

• 〈콩쥐팥쥐전〉 줄거리

최만춘이란 사람이 부인 조씨와 딸 콩쥐를 데리고 화목하게 살고 있었다. 그러나 콩쥐의 어머니 조씨는 병이 들어 세상을 떠나게 되어, 배씨라는 과부를 얻어 후처로 삼았다. 배씨는 팥쥐라는 딸을 낳았는데, 부친은 어미 없는 콩쥐를 불쌍히 여겨 팥쥐보다 더 사랑하였다. 이에 배씨는 콩쥐를 학대하기 시작하였다. 도저히 끝낼 수 없는 일들을 숙제로 내주곤 하는데(이를 테면 밑 빠진 독에 물 붓기 등) 조력자의 도움으로 시련을 넘긴다. 그렇게 일을 끝내고 잔치집에 간 콩쥐는 실수로 신발을 개천에 빠뜨린다. 그리고 그것은 감사의 손에 들어가고 그것을 인연으로 콩쥐는 감사와 결혼한다. 이를 질투한 팥쥐는 콩쥐를 암살하고 자기가 콩쥐인 양 감사의 부인 행세를 한다. 하지만 구슬로 변한 콩쥐가 자신의 억울한 죽음을 이웃 노파에게 말하고, 노파를 통해 콩쥐의 죽음을 알게 된 감사가 팥쥐와 계모를 벌주고 콩쥐는 다시 살아난다.

〈장화홍련전〉과 함께 읽어도 좋은 작품

•〈김인향전〉 줄거리

　평안도 안주에 사는 김좌수의 후처 정씨는 전처의 딸인 인향에게 외간 남자와 사통했다는 누명을 씌우고 배가 불러 오는 약을 먹인다. 김좌수는 노하여 자신의 딸을 죽이도록 하고 인향은 누명에 괴로워하다 물에 투신하여 자살한다. 그의 동생 인함 역시 자살하자 이후 안주는 귀곡성이 난무하고 부사가 급사하는데다가 흉년까지 들어 황폐하고 공포스러운 공간으로 변해 버린다. 이에 조정에서는 담대하고 현명한 부사 김두룡을 급파하고, 그는 인향 자매의 억울한 사연을 알자 정씨와 그의 공모자 노파를 벌주는 한편, 그들 자매의 제사를 지내 영혼을 위로한다. 한편, 원래 인향의 정혼자였던 유성윤은 과거에 급제하고 죽은 인향과 인함 자매를 다시 파내 영약을 뿌려 부활시키고 결혼한다.

　위와 같은 소설을 '계모형 소설'이라고 한다. 계모형 소설은 계모가 가정으로 들어오면서 파생되는 가족 사이의 갈등을 초점으로 하는 소설을 말한다. 계모형 소설은 전처 자식과의 갈등이나 재산 문제를 다룬다. 계모와 전처 소생 사이의 갈등을 다룬 이야기는 동서양을 막론하고 많이 전해지는데, 이러한 유형의 소설에서 계모는 악인의 전형을 보여주는 경우가 많고, 전처의 자식을 해치는 수법이 작품마다 대체로 비슷하다.(물에 빠뜨려 죽인다든가) 이런 소설에서 남편이나 아버지의 존재는 대체로 무기력하게 나타난다. 이것은 봉건 체제의 붕괴를 상징하는 모습 중 하나라 할 수 있다. 계모를 가족에 섞이지 못하는 이질적인 존재로 묘사한 것은 부계 혈통의 강조를 통해 족보를 중시하는 사회적 경향을 보여준다고 할 수 있다.

　이러한 계모형 소설로는〈장화홍련전(薔花紅蓮傳)〉,〈콩쥐팥쥐전〉,〈김인향전(金仁香傳)〉만이 아니라〈정을선전(鄭乙善傳)〉,〈조생원전(趙生員傳)〉,〈황월선전〉 등이 있다.

설공찬전

<엑소시스트>란 영화를 아십니까?

우리나라에도 <엑소시스트>와 비슷한 이야기가 있습니다.
휘리릭

순창에 있는 설충수의 집.
나으리! 나으리!

웬 호들갑이냐?
공침 도련님이 이상해졌습니다요.

갑자기 지랄 발광에 여자 목소리를 내고 있습니다요.
뭐라?! 여자 목소리?

얘, 공침아.

※ 빙의(憑依) : 귀신이 씌이는 현상

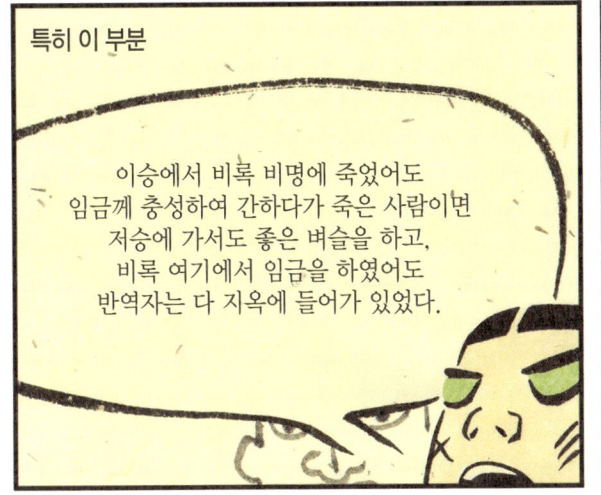

설공찬전에 대하여

　한 아이가 귀신이 들리고 아빠는 그 귀신을 쫓기 위해 무당을 불러 귀신과 싸운다. 이건 우리가 자주 봐 왔던 공포 영화의 설정과 많이 비슷하다. 대표적인 게 〈엑소시스트〉란 작품으로, 귀신들린 소녀와 그를 구하려는 가족 및 신부의 대립을 기본 설정으로 하고 있다. 하지만 〈설공찬전〉은 그보다 400년이나 앞선 작품이다. 적어도 이게 〈엑소시스트〉의 표절은 아니라는 얘기다(오히려 〈엑소시스트〉가 표절이면 표절이지). 아마도 채수(작가)는 사람들이 어떤 이야기에 흥미를 느끼는지, 공포라는 감정이 사람들에게 어떻게 작용하는지를 알고 있었던 것 같다. 작가는 우리가 어느 여름밤에 듣는 귀신 이야기처럼 자신의 작품에 관심을 품길 바란 것이다. 채수는 소설로 인기를 끌거나 돈을 벌어보려는 전문 작가는 아니었다. 그렇다면 우리가 주목해야 할 부분은, 그런 흥미로운 설정을 통해 그가 말하려 한 것은 과연 무엇이었느냐 하는 점이다.

　〈설공찬전〉의 전반부는 귀신과 대결하는 장면으로 채워지고, 후반부는 귀신의 저승 얘기로 이어진다. 바로 그 후반부에 작가의 창작 의도가 담겨 있다. 비록 이승에서 불우하게 살다가 죽었더라도, 그가 충신이었다면 저승에서 높은 벼슬을 하게 된다는 것, 이승에서 천대받는 여자라도 학식이 있다면 저승에서는 널리 등용된다는 것 등이 저승 얘기를 통해 작가 채수가 말하고 싶었던 주제 의식이다. 채수가 살았던 당대의 사회적 현실을 알면 조금 더 소설의 의미가 분명해진다. '반정'을 통해 왕위에 오른 중종과 그를 지지한 세력에 대한 비판이 저승의 충신 얘기를 통해 나타나는 것이다. 다시 말해, 작가는 허구적인 이야기를 통해 당대의 문제들을 고발하고 비판하고자 이 작품을 창작했다는 것이다.

　하지만 역시 소설은 소설일 뿐, 우리는 그저 그것을 읽고 즐기면 된다. 그리고 덧붙여 그 이상을 알게 된다면 고마운 거다. 400년 전에 탄생한 귀신 들린 소년의 이야기는 숨겨진 주제보다는, 공포 영화의 짜릿한 즐거움처럼 재미가 있다. 독자 여러분이 첫 번째로 발견해야 하는 것은 바로 재미다.

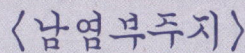

〈남염부주지〉

설공찬전은 저승으로 간 혼령이 이승으로 다시 와 이승의 사람들에게 영향을 미치며 저승 세계를 소개하는 작품이다. 남염부주지 역시 이승과 저승이 나뉜 이분화된 세계를 보여주고 있다. 또한 현실에 대한 풍자를 저승의 삶을 통해 표현하는 것도 비슷한 점이다. 하지만 이 작품은 설공찬전과는 반대로 이승의 사람이 저승으로 가 염라대왕과 대화하는 구성이다. 그리고 작가의 사회에 대한 정치적이고 철학적인 의식이 더 잘 드러난다는 특징이 있다. 남염부주지의 줄거리는 다음과 같다.

•줄거리

경주에 사는 박생(朴生)은 유학(儒學)으로 대성하겠다는 포부를 지니고 열심히 공부하였으나 과거에 실패한 선비다. 그러나 뜻이 높고 강직하고 인품이 훌륭하여 주위로부터 인정을 받는다. 그는 귀신·무당·불교 등의 이단에 빠지지 않으려고 유교 경전을 읽고, 세상의 이치는 하나뿐이라는 내용의 철학 논문인 〈일리론 一理論〉을 쓰면서 자신의 뜻을 더욱 확고하게 다진다. 어느 날 꿈에 박생은 저승사자에게 인도되어 염부주(炎浮洲)라는 저승 세계에 이르러 염왕(閻王)과 대화를 한다. 여러 가지 걸쳐 문답을 통하여 염왕과 이견을 나누고, 자신의 지식이 타당한 것임을 재확인한다. 염왕은 박생의 참된 지식을 칭찬하고 그 능력을 인정하여 왕위를 물려주겠다며 선위문(禪位文)을 내리고는 세상에 잠시 다녀오라고 한다. 꿈을 깬 박생은 가사를 정리하고 지내다 얼마 뒤 병이 든다. 그는 의원과 무당을 불러 병을 고치지 않고 조용히 죽는다.

<설공찬전>과 함께 읽어도 좋은 작품

작가인 김시습은 박생과 염왕의 대화를 통해 자신의 사상과 철학을 잘 드러낸다. 그 내용은 유교와 불교의 비교를 통해 유교의 중요성을 강조하고 미신적이고 현실을 초월한 세계를 부정하여 현실적이고 합리적인 세계를 추구하는 것이다. 또한 덕을 통한 왕도 정치를 강조하고, 폭력을 통한 패도 정치를 경계해서 왕위를 찬탈한 수양대군(세조)을 비판하는 내용도 나타난다.

숙영낭자전

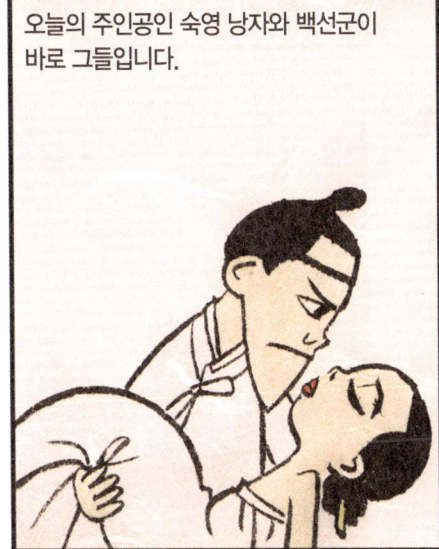

〈숙영낭자전〉은 유교라는 보수적이고 전통적인 가치관과 인간의 애정이라는 새로운 가치관의 대립을 보여줌으로써 높은 문학적 가치와 문학사적 가치를 획득한 작품입니다.

우리 수능 볼 때까지 만나지 말자.

숙영낭자전·끝

숙영낭자전에 대하여

〈숙영낭자전〉은 양반 사회·양반 가정을 배경으로 하고 비현실적 사건을 중심적인 소재로 하여 이루어진 연애담이다. 하지만 단순하게 남녀 간의 사랑만을 다루지는 않는다. 부분적으로는 마치 공포 영화처럼 섬뜩한 것(음모와 죽음)도 있고, 판타지 영화처럼 천상 세계와 환생을 얘기한다. 그러나 그 중에서도 무엇보다 중요한 것은 이 작품의 갈등 구조다.

〈숙영낭자전〉은 특이하게도 부모와 자식 간의 갈등을 다룬다. 물론 현실의 텔레비전 드라마를 보면 부모 자식 간 갈등은 수시로 일어난다. 우리들도 가끔은 부모님께 대들지 않는가? 그러나 과거의 조선 시대 양반 가문에서는 얘기가 다르다. 양반 가문의 부모들은 자식을 낳아 기르고, 혼인시키고, 출세시키는 것을 가문의 영예와 자신들의 영화를 위한 수단으로 생각하면서 자식에게 효를 요구했다(물론 꼭 그런 건 아니지만 일반적으로 그런 분위기가 있었던 것은 사실이다). 또한 자식은 그런 부모의 요구를 당연한 것으로 받아들였다. 이런 분위기의 조선 시대에서 〈숙영낭자전〉은 새로운 자식의 모습을 제시한다. 작품에서 자식(선군)은 감히 부모의 명을 거역한다. 부모의 허락 없이 사람(숙영)을 만나 연애하고 결혼한다. 또, 과거시험을 보라는 부모의 명도 사랑을 이유로 거부하려 한다.

이로 인해 효를 요구하는 부모와 사랑을 더 중시하는 자식 사이에 갈등이 일어난다. 이 갈등이 발전하면서 숙영이 죽게 되는 비극적인 사건도 발생한다. 독자들은 여기서 생각하게 된다. 숙영의 죽음은 단지 매월이의 질투심 때문만이 아니라, 자신의 요구를 강요하는 부모들에게도 책임이 있다는 것을 말이다.

조선사회를 지배했던 '효' 사상은 물론 지금도 가치 있다. 하지만 그것 하나만이 인간에게 필요한 것은 아니다. 사람들은 효도하며 부모 자식 간에 조화롭게 지내야 하지만, 밥도 먹어야 하고 잠도 자야 하며 무엇보다 남녀 간에 사랑도 해야 한다. 내 취향에 맞는 누군가를 만나야지, 얼굴조차 알지 못하는 그런 사람을 단지 부모의 명이라는 이유로 받아들일 수는 없는 것이다. 어느 하나가 다른 것을 일방적으로 억압해서는 안 된다.

〈숙영낭자전〉과 함께 읽어도 좋은 작품

〈윤지경전〉

많은 고전 염정 소설의 주인공들이 어떤 강력한 권위에 저항하며 사랑을 지키는 모습을 보인다. 그것은 춘향전의 춘향이, 숙영낭자전의 백선군이 그렇다. 춘향이는 고을의 사또에 저항하고 백선군은 부모의 강력한 명(과거 공부)보다 자신의 사랑을 우위에 두고 행동한다. 〈윤지경전〉의 윤지경 역시 자신이 원치 않는 사랑이라면 그것이 왕(혹은 왕족)의 명령이라도 거부한다. 그리고 자신이 원하는 사랑을 끈질기게 갈구한다.

·줄거리

윤현의 셋째 아들 지경은 최공의 딸 연화와 성혼을 약속하지만 연성옹주의 부마(임금의 사위)로 선택되어 파혼을 강요당한다. 지경은 왕의 뜻을 거절할 수 없어 옹주와 혼인을 하지만 옹주궁에 들지 않고 최씨와 함께 지낸다. 옹주가 이 사실을 알게 되자 최공과 윤현이 둘의 사이를 갈라놓기 위해 연화가 죽었다고 거짓말한다. 지경은 최씨의 삼년상을 마치고도 잊지 못해 최씨 침소 앞을 배회하며 슬퍼하니, 최참판의 손자 선중이 최씨가 살아 있는 곳을 알려준다. 최씨와 감격의 상봉을 한 지경이 아예 궁에도 들어가지 않자 왕은 옹주를 박대한 죄를 심문해 지경을 유배 보낸다. 이듬해 동궁에서 득세했던 간신들이 난을 일으키고 왕이 주모자 박빈을 처형하며 복성군과 연성옹주를 유배보낸다. 그리고 지경의 행동을 칭찬하며 부마의 자리를 거두고 벼슬을 내린다. 지경이 왕의 은혜에 감사하며 옹주를 풀어 달라고 청하여 극진히 대접하면서 비로소 세 사람이 화목한 가정을 이룬다.

사랑에 대한 지경의 태도는 연화의 죽음에 대한 모습에서 잘 드러난다. 비록 진짜가 아닌 주변 사람들의 속임수였지만 삼년상을 치르면서 연화를 잊지 않고 그리워한다. 이것은 숙영낭자전의 선군이 보여주는 모습과도 비슷하다. 결과적으로 선군은 숙영을 죽게 한 범인을 잡고 숙영의 부활을 이끌어내고, 윤지경은 죽은 연화를 끊임없이 그리워하는 태도를 통해 다시 연화와 만날 수 있게 된다(이것도 지경의 입장에서는 일종의 부활이라고 볼 수 있다).

숙영낭자전과 마찬가지로 윤지경전은 강하고 변함없이 죽음도 초월하는 끈질긴 사랑의 자세를 보여준다는 점에서 같이 읽어 볼 만한 작품이다.

중국 당나라 시절, 인도에서 온 육관대사가 남악 형산 연화봉에서 불법을 베풀었는데 동정호의 용왕이 열심히 참석하자 대사는 제자 성진을 보내 사례하게 하였습니다.

이걸 용왕께 전해드려라.

용왕을 뵙고 돌아오던 성진은 선녀 위 부인의 여덟 시녀를 보고 충격을 받게 되는데…!

오오, 저렇게 멋진 광경이…!

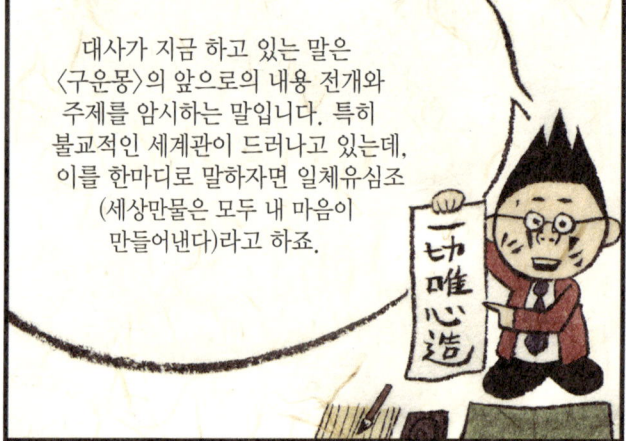

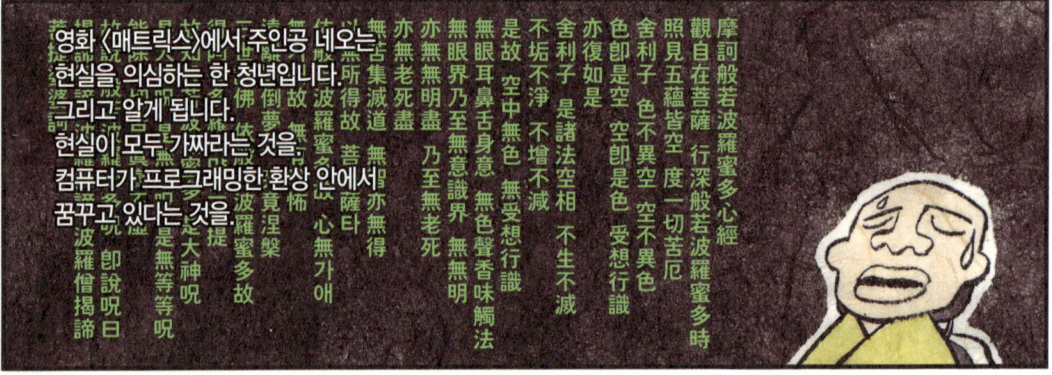

영화 〈매트릭스〉에서 주인공 네오는 현실을 의심하는 한 청년입니다. 그리고 알게 됩니다. 현실이 모두 가짜라는 것을. 컴퓨터가 프로그래밍한 환상을 꿈꾸고 있다는 것을.

〈구운몽〉도 그렇습니다. 주인공 성진은 도를 닦다가 현실적 욕망에 마음이 흔들립니다. 그리고 모든 욕망이 이루어지는 환상의 세계를 꿈꾸기 시작합니다.

꿈속 세계로 떨어진 성진은 '양소유'라는 이름으로 환생합니다.

어이구 내 새끼…

빠빠

소유야 이리 온.

성진이 환생한 양소유는
고전소설의 영웅들이 늘 그렇듯이
뛰어난 재주를 가지고 과거에 장원급제하고,
대장군이 되어 외적을 물리치고,
재상이 되어 황제를 보필합니다.

양소유는 출세하는 중에도 틈틈이
연애질을 하며, 환생한 여덟 선녀와
차례로 결혼합니다.

출장입상(나가서는 장군, 들어와서는 재상),
입신양명(몸을 세워 이름을 떨침) 등은
조선 시대 양반들의 이상이었습니다.
〈구운몽〉은 전체적으로 불교적인 환몽구조
속에서 유교적인 이상구현의 과정을
보여주고 있습니다.

그러나 선비의 이상이 단지 현실에 참여하여
공을 세우고 이름을 떨치는 것만은
아니었습니다. 양반들의 또 하나의 이상은
공을 세운 후 자리에서 물러나
자연으로 돌아가는 것이었습니다.

구운몽에 대하여

한 남자가 있다. 그는 세상이 모두 가짜 같다고 생각한다. 그리고 발견한다. 캡슐 속에 누워서 꿈꾸고 있는 자신을. 세계는 컴퓨터가 프로그래밍한 환상에 불과했던 것이다. 영화 〈매트릭스〉의 줄거리다. 화려한 액션과 정교한 컴퓨터 그래픽은 물론이고 충격적인 스토리 전개가 인상적인 영화였다. 일상의 현실이 환상이고 진짜 현실은, 오히려 믿어지지 않는 암울한 SF의 세계였다는 사실은 특히 인상적이었다.

하지만 이 영화가 만들어지기 몇백 년 전 조선에는 그러한 환상과 현실이 교차하는 이야기를 만든 사람이 있다.

바로 〈구운몽〉의 김만중이다. 널리 알려진 창작의 배경대로, 귀양을 간 자신의 마음을 달래기 위해서든 홀로 남겨진 엄마의 심심함을 풀어주기 위해서든, 〈구운몽〉은 꿈과 현실의 치밀한 배치로 소설적 재미와 깊이를 더 하는 작품이 되었다.

〈구운몽〉은, 영화 〈매트릭스〉처럼 마음이 만들어내는 장난에 주목한다. 우리가 갖고 있는 모든 갈등과 고통이 마음에서 비롯되는 것이라고 목에 핏대를 올린다. 마음의 집착을 버리면 편해진다고, 깨달음을 얻어 부처가 될 수 있다고 주장한다. 진짜 그럴지도 모른다.

하지만 한가지 의심스러운 것은 작가 김만중의 창작 현실이다. 김만중은 유배지에서 이 작품을 완성했다고 전해진다. 유학은 왕에게 충성을 다하며 백성에게는 선정을 베풀 것을 가르친다. 그러려면 왕 근처에서 벼슬을 하고 있어야 한다. 하지만 김만중은 왕에게 버림을 받아 그 모든 기회를 박탈당했다. 다시 말해, 〈구운몽〉은 김만중이 스스로에게 느끼는 박탈감을 해소하기 위해 만들어낸 작품이라는 것이다.

결말의 내용이 성진의 깨달음에 초점을 맞추고 있지만, 작품의 전체 내용은 꿈속의 양소유에게 대부분을 할애하고 있다. 양소유는 유학을 공부한 선비들이 꿈꾸는 모든 것을 이루어 낸다. 권력과 명예와 사랑 모두를 얻어내는 것이다. 그 뒤에 그 모든 것을 버린다. 더 높은 경지를 위해서. 만약 소설대로 우리가 깨달음을 얻으려면 일단 최고의 자리를 얻어봐야 한다. 그래야 그걸 버려도 의미가 있는 것이다. 하지만 최고의 자리는 아무

에게나 찾아오지 않는다.

결국 〈구운몽〉은 진정한 불교적 깨달음을 얘기한 것은 아닌지도 모른다.

하지만 그래도 괜찮다. 간접적이나마 우리는 꿈의 실현을 맛볼 수 있기 때문이다. 내가 사랑하는 사람과 맺어질 수 있고 원하는 직업과 자리에 오를 수 있으며 모두가 인정하고 사랑받는 그런 존재가 될 수 있는 것이다. 거기에 덧붙여 잘만 하면 깨달음까지 보너스로 따라온다는 사실.

〈구운몽〉을 어떤 주제로 파악하든 중요한 것은 이 작품이 충분히 재미있다는 사실이다. 그 이외의 것은 아무래도 좋지 않은가?

〈구운몽〉과 함께 읽어도 좋은 작품

〈옥루몽〉

구운몽은 현실에서 꿈으로, 그리고 다시 현실로 돌아가는 '환몽구조'의 형태이다. 이런 구조를 지닌 소설을 '몽자류 소설'이라고 한다. 옥루몽 역시 그러한 몽자류 소설로 구운몽과 형식과 내용이 매우 비슷하다. 하지만 옥루몽은 구운몽보다 훨씬 방대한 내용으로 특히 여성 캐릭터의 형상화가 잘 이루어졌다. 그래서 이후에 등장인물의 이름을 딴 '강남홍전'이나 '벽성선전'이 만들어 질 수 있었다. 또 구운몽이 유/불/선 사상을 적절히 조합하며 '일장춘몽'과 같은 불교적 주제의식에 초점을 맞춘 반면에, 옥루몽은 현실의 문제점을 개선하여 이상사회를 구현하는 것에 관심을 두고 있다. 한마디로, 옥루몽은 구운몽에 비해 좀 더 쉽고 재미있는 작품이었다. 소설이 널리 읽히던 조선 후기에 남녀노소를 막론하고 가장 사랑받던 소설이었던 것이다. 그 외에도 옥루몽은 당대에 인기 있던 많은 고전 소설의 양식을 받아들여 집대성했다는 측면도 발견할 수 있다. 처첩 간 갈등(황소저가 벽성선을 질투하여 집에서 쫓아낸 부분)은 '사씨남정기'와 같은 가정소설의 성격을 보여준다. 또 양창곡의 영웅적인 출세와 성장의 과정은, 홍길동전이나 조웅전과 같은 전형적인 영웅 소설의 모습이다. 그리고 전쟁의 모습(남만과의 싸움)을 그리고 있다는 점에서 군담소설인 임진록이나 임경업전을 떠올릴 수도 있겠고, 여성의 진취적인 활동(특히 강남홍의 신출귀몰한 재주 부분)에 초점을 맞춘다면 박씨전이나 홍계월전의 주제의식도 발견할 수 있을 것이다.

•줄거리

양창곡(楊昌曲)은 원래 신선이었으나 인간세계를 그리워했다. 이를 안 옥황상제가 양창곡과 선녀 다섯을 인간세계로 내려 보내고 마침 자식이 없어 관음보살에게 자식을 기원하던 양현은 양창곡을 얻게 된다. 16세에 양창곡은 과거를 보러가던 중 기생 강남홍(江南紅)을 만나 인연을 맺는다. 강남홍은 윤소저(尹小姐)를 부인으로 천거하고 양창곡은 윤소저와도 가연을 맺는다. 장원급제한 창곡은 천자가 명한 황각로(黃閣老)의 딸과의 혼인을 거부하여 유배되나, 그 곳에서 기생 벽성선(碧城仙)과 또 다시 사랑의 인연을 맺는다. 유배에서 풀려난 창곡은 다시 황각로의 딸과도 혼인한 후, 대원수가 되어 남만(南蠻)을 치는데, 남만의 원수가 되어 있던 강남홍은 명의 원수가 창곡임을 알고 그에게 도망쳐 온다. 남만의 공주 일지련(一枝蓮)도 생포되는데, 창곡은 그녀와 다시 다섯 번 째 가연을 맺는다. 마침내 연왕(燕王)으로 책봉된 창곡은 윤부인·황부인 등 두 처와 강남홍·벽성선·일지련 등 세 첩(이처삼첩)과 함께 안락하게 호화로운 생활을 누리다가 승천하여 다시 선관(仙官)이 되었다는 이야기이다

조선 선조 임금 때 유영이란 선비가 살았습니다.

수성궁에나 놀러 갈거나.

유영은 학문은 뛰어났지만 집안이 가난하여 출세길이 막힌 처지였지요.

임진왜란으로 피폐해진 궁의 모습이 내 신세 같구나.

마시자! 마시고 죽자!

픽!

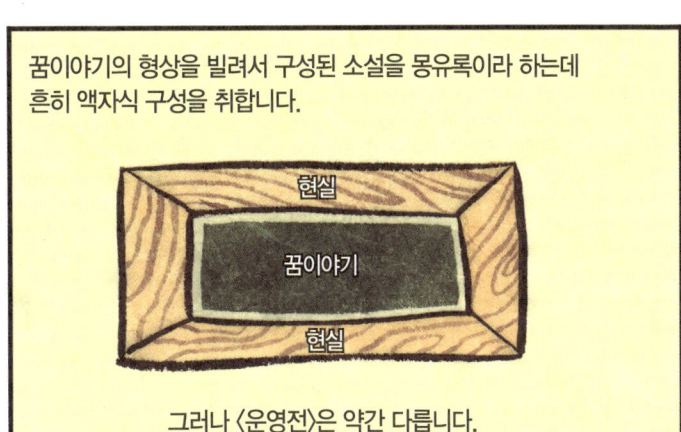

후에 유영은 두루 명산을 찾아다니며 여생을 보냈습니다.
그러나 그의 마지막은 아무도 알지 못하였습니다.

〈운영전〉에서 우리가 눈여겨 볼 점은, 고진소실의 전형적인 결말인 '해피엔딩'이 아니라는 점입니다. 운영과 김 진사는 결국 비극적으로 죽음을 맞이했고 그 얘기를 들어주는 유영 또한 삶과 사회로부터 소외된 인물입니다.

한편 이러한 비극적 결말과, 유교적 억압을 초월한 사랑 (궁녀라는 신분으로 외간남자와 사랑한 것)은 이전 작품에서 볼 수 없었던 발전된 측면이라 하겠습니다.

운영전·끝

운영전에 대하여

이라는 드라마, 〈프린세스 다이어리〉 같은 영화를 보면 궁중의 생활, 왕족의 삶이라는 것이 드러난다. 우리야 뭐 다들 귀한 집 자손이라고 자부하지만, 실제로 몇 백 년 전의 조선 시대에는 대부분 평민이었을 것이다(양반 성씨가 갑자기 늘어난 것은 조선 후기부터다). 뭐, 꼭 평민이 아니더라도 궁중의 생활이라는 걸 우린 잘 모른다. 그래서 그곳을 엿보게 될 때, 더한 호기심과 즐거움을 느끼게 되는지도 모른다(그래서 〈궁〉과 〈프린세스 다이어리〉는 인기를 얻을 수 있었다).

〈운영전〉은 그런 궁중의 생활을 다루는 소설이다. 왕족(안평대군)도 등장하지만 그가 초점이 되지는 않는다. 왕족의 소유물로 그려지는 '궁녀'의 삶을 그리고 있는 것이다. 조선 시대는 철저한 신분제 사회였고, 그런 사회 속에서 궁녀는 개인적인 사랑의 감정을 가질 수 없었다. 여기서 〈운영전〉의 비극은 시작된다. 운영은 안평대군의 손님인 김 진사를 사랑하게 되고, 김 진사 역시 그녀를 사랑한다. 그러나 운영은 대군의 소유물로 누군가를 사랑할 수 없는 신분이다. 결국 그들은 죽음으로 그 사랑을 마무리하고 자연스러운 인간성을 억압하는 사회에 대해 저항한다. 〈운영전〉의 줄거리는 우리가 익히 알고 있는 슬픈 사랑 이야기의 구조를 갖고 있다. 서로 우연한 만남으로 사랑을 키워가는 두 사람. 그들의 사랑을 방해하는 현실(가문의 반대, 신분의 차이, 오해나 사랑의 라이벌 등장 등). 그리고 죽음. 관객의 눈물샘을 자극하는 아주 친숙한 내용으로 되어 있는 것이다. 그러나 여기에는 또 다른 요소가 담겨 있다. 그것이 궁녀라는 낯선 신분의 삶을 다루고 있다는 것. 또한 그러한 신분을 넘어서는 적극적인 인물형이 등장한다는 점 등이 바로 그것이다.

〈운영전〉을 통해 우리는 친숙한 사랑 이야기를 즐기면서도, 낯선 요소들을 발견하는 새로운 기쁨을 찾을 수 있을 것이다.

〈운영전〉과 함께 읽어도 좋은 작품

〈심생전〉, 〈원생몽유록〉

운영전은 김진사와 운영의 이루지 못할 사랑을 다룬 비극적 염정소설이다. 궁녀라는 신분적 장벽을 넘어서지 못해 죽음으로 끝나는 이 소설은, 양반과 중인이라는 신분 때문에 이뤄지지 못하는 심생전의 사랑과 닮아 있다. 심생전은 매우 짧은 분량의 작품이지만 개성적인 여성 캐릭터의 등장과 비극적 결말이라는 고전소설답지 않은 결말로 나름의 의미가 있는 작품이다.

• 〈심생전〉 줄거리

어느 날 심생이 운종가(雲從街-지금의 종로)에서 임금의 행차를 구경하고 돌아오다가 계집종에게 업혀가는 한 여자를 본다. 단숨에 사랑에 빠진 심생이 그녀를 따라가 보니, 그녀는 중인의 딸이었다. 심생은 사랑하는 마음을 억누를 수가 없어, 밤마다 그녀의 집 담을 넘어간다. 하지만 좀처럼 그녀를 만날 수가 없었다. 담넘기를 한지 20일이 되던 날, 결국 심생의 진실한 사랑을 안 처녀는 심생을 자신의 방으로 불러들이고 자신의 부모를 설득시킨 뒤, 결혼을 약속한다. 그 뒤 심생은 밤마다 그녀를 찾았고 이를 눈치챈 심생의 부모는 절에 들어가 공부하도록 했다. 부모의 명을 거역할 수 없어 절에서 글공부를 하던 중 그녀가 보낸 유서(遺書)를 받았다. 자신의 처지를 한탄하는 내용이 담겨 있는 편지를 읽고 심생도 슬픔에 싸여 일찍 죽고 만다.

〈운영전〉과 함께 읽어도 좋은 작품

운영전은 〈수성궁몽유록〉이라는 다른 제목으로 불리기도 한다. 수성궁이라는 안평대군의 옛터에서 일어난 사건을 '몽유록'이라는 형식으로 이야기하는 소설이란 것이다. 여기서 몽유록은 구운몽 같은 '몽자류' 소설과는 다른 형식이다. 둘 다 '현실-꿈-현실'의 환몽구조를 지니고 있지만 몽유록의 꿈은 현실과 별 개의 세계로, 현실의 고통과 갈등을 토로하는 배경이 된다. 반면에 몽자류 소설의 꿈은 현실과 현실의 욕망이 모두 부질없다는 주제의식을 표출한다. 원생몽유록은 운영전과 내용은 다르지만 그 형식적 특징에서 되짚어 볼만한 공통점을 갖고 있다.

· 〈원생몽유록〉 줄거리

주인공 원자허는 가난하지만 정의로운 선비이다. 가을밤에 독서를 하다가, 책상에 기대어 잠이 든다. 꿈속에서 원자허는 한 선비의 영접을 받아 단종을 만나게 된다. 다섯 사람(사육신)이 그 단종을 호위하고 앉아 있었다. 원자허는 그들과 대화를 나누게 된다. 먼저 복건을 쓴 사람이 중국 고대의 성왕인 요순우탕(중국의 전설적인 성군 4인)이 선위(임금의 자리를 물려주는 것)를 통해 왕이 된 것을 비판한다. 그러나 단종은 그를 타이르며 네 성왕은 죄가 없고 다만 그들의 양위를 핑계 삼은 이가 도적이라고 말한다. 이어서 단종과 사육신 중에서 박팽년, 성삼문, 하위지, 이개, 유성원이 차례로 울분을 담은 세조의 왕위 찬탈에 대하여 품은 원한을 비분강개(悲憤慷慨)조의 시를 읊는다. 이어서 복건 쓴 사람과 원자허가 애절한 심회를 시로 읊는다. 끝으로 뒤늦게 참석한 무신 유응부가 강개한 심정을 시로 표현한다. 갑자기 벼락치는 소리가 나서 원자허는 꿈에서 깨어난다. 꿈 이야기를 들은 해월이 현명한 단종과 충성스러운 신하들이 화를 당한 것에 대하여 하늘을 원망한다.

2. 영웅소설

우리가 읽는 소설 속에는 항상 이야기를 이끌어 가는 주인공이 있습니다. 그 주인공을 괴롭히는 사람이나 대상이 또 존재하구요. 주인공은 자기 앞에 놓여진 시련 속에 때로는 좌절합니다. 하지만 그것을 극복하려고 노력하기도 하지요. 그 노력이 성공하면 '행복한 결말'이고 실패하면 '비극'이 됩니다. 이것이 일반소설의 기본 규칙입니다. 늘 행복하거나 늘 좌절하는 이야기는 없습니다(옛날에 예쁘고 착한 춘향이가 살았습니다. 춘향이는, 잘생기고 똑똑한 이몽룡을 만나 사랑했습니다. 둘은 결혼해서 행복하게 살았습니다. 이런 식의 이야기는 없겠죠?). 이야기에는 언제나 갈등과 사건이 있습니다. 그리고 거기에서 소설의 재미도 발생하는 거죠.

영웅소설 역시 마찬가지의 구조로 이루어집니다. 몇 가지의 규칙이 있기는 합니다. 주인공은 '영웅'이다 보니 뛰어난 능력을 지녔습니다. 현실이 어떠하든 고귀한 핏줄로 태어납니다(천상계의 인물이거나 귀족, 왕족인 경우가 많습니다). 그러나 그를 괴롭히는 '시련'이 찾아옵니다. 악당 때문이든, 운명 때문이든 영웅은 그 시련에 목숨의 위협을 받고 좌절합니다. 하지만 도움을 주는 존재가 등장합니다(조력자의 등장). 그는 다시 심기일전해서 시련을 극복하고 목표를 실현합니다(실패해도 마찬가지입니다. 비극일 따름이죠). 이러한 영웅소설의 전통은 아직까지도 면면히 남아서 현대의 소설은 물론 영화나 드라

마에도 계속해서 나타납니다. 우리의 일상은 대단히 평범해서 하루하루가 비슷합니다(물론 다른 사람도 있겠지만 흔하지 않습니다). 하지만 영웅은 매일이 시련의 연속이고 자신의 노력과 자질을 바탕으로 그것을 극복해나갑니다. 그리고 조금씩 성장합니다. 일본만화〈드래곤볼〉의 '손오공'이 대표적입니다. 계속해서 강해집니다. 전 지구적으로, 전 태양계적으로, 끝내는 전 우주적으로 강한 존재가 되죠. 그 시련의 크기가 클수록 그 성과도 큰 것입니다. 만약 우리가 그토록 큰 시련에 맞닥뜨리면 이겨내기 힘들 상황도 그들은 이겨내는 것입니다. 그래서 우리는 영웅에 열광합니다. 우리가 되었으면 하는 '존재'를 그들이 대신 해주니까요.

 한국고전소설에도 영웅은 존재합니다. 여러분이 잘 아는 홍길동이 그 대표적 인물입니다. 그러나 한국의 영웅은 조금 독특해서 단지 싸움만 잘하는 것은 아닙니다. 때로는 공부를 잘하고(최치원) 때로는 사랑이 강합니다(춘향이). 우리의 영웅은 육체적인 힘보다는 정신적인 덕성에서 그 중심을 찾을 수 있습니다. 눈에 띄는 무술 실력, 도술 실력보다 '마음'을 중시했던 선조들의 생각을 알 수 있습니다. 물론 '유충렬'이나 '조웅'처럼 전형적인 영웅도 존재합니다. 하지만 그들이 품는 고민들은 서양영웅들과는 또 다른 것입니다. 이제 마음을 열고, 한국고전소설 속의 독특하고 다양한 영웅들을 만나봅시다.

홍길동전

이번에 우리가 살펴볼 작품은 그 이름도 유명한 〈홍길동전〉입니다.

이 작품은 전형적인 영웅설화의 구조를 지니고 있습니다. 우리도 그 구조를 따라서 작품을 감상해봅시다.

1. 고귀한 혈통의 인물

3. 비범한 능력

4. 좌절과 위기

5. 위기의 극복

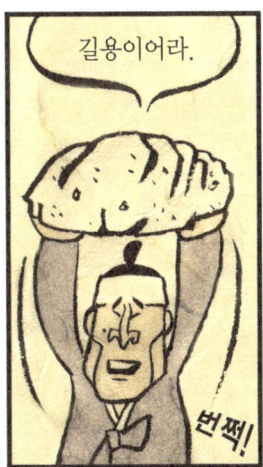

7. 최후의 승리

그러나 길동은 벼슬을 버리고 새로운 세계로 모험을 떠납니다. 부하 3천 명을 이끌고 성도라는 섬에 자신의 터전을 세웁니다.

그리고 근방에 있던 율도국을 치고 그곳의 왕이 됩니다.

율도국의 태조대왕으로 즉위한 홍길동은 나라를 잘 다스려 오래도록 태평성대를 이루었습니다.

〈홍길동전〉의 의의는 여러가지가 있겠지만, 일단 문학사적으로는 최초의 한글소설 이라는 측면, 사상적으로는 신분제 사회의 억압에 맞서 평등사상을 주장한 진보적 측면, 탐관오리들의 척결을 주장한 비판적 측면 등을 들 수 있겠습니다.

그러나 무엇보다도 〈홍길동전〉의 매력은 고난과 역경을 헤치고 마침내 성공에 이르는 '영웅 스토리'에 있지 않을까요?

홍길동전·끝

홍길동전에 대하여

　〈홍길동전〉은 무척이나 유명한 고전소설이다. 많은 사람들이 홍길동이란 이름을 알고, 작품을 읽어본 사람들도 있을 것이다(원전은 아니겠고 드라마나 만화로). 길동이가 도술을 써서 탐관오리를 혼내주고 끝내는 해외로 진출해 왕이 되는 줄거리는 읽을수록 매력 있는 이야기다. 〈로빈 훗〉이나 〈스파이더 맨〉 같은 영웅이 우리의 고전 속에도 있었던 것이다.
　하지만 〈홍길동전〉은 단순히 '영웅소설'만은 아니다. 〈홍길동전〉은 뛰어난 능력을 가진 인물의 성공담에만 관심을 갖지 않는다. 작품 속의 길동이가 괴로워했던 가장 큰 이유가 무엇이었던가? 그렇다. 바로 '아버지를 아버지라 부르지 못하고 형을 형이라 부르지 못하는 것' 때문이었다. 길동이의 어머니는 양반이 아니었다. 그래서 길동이도 양반이 되지 못한다. 부모 중 하나가 양반이 아닌 아들을 '서자'라고 불렀다. 서자는 조선 시대에 많은 차별을 받았다. 일단 가정에서는 같은 가족으로 여기지 않았던 것이다. 아빠를 아빠라고 부르지 못하는 답답한 현실에 살았다는 말이다. 또 하나의 차별은, 서자일 경우 과거시험을 보지 못하게 한 것이다. 아무리 뛰어난 능력이 있어도 관직에 나갈 수가 없었다. 그래서 길동이는 어린 나이에 집을 나서서 높은 벼슬아치로서가 아니라, '의적'으로서 탐관오리들을 벌하게 된다. '의적'은 '의로운 도적'이란 뜻이다. 그러나 아무리 의로워도 '도둑'은 도둑이다. 아무도 자신의 장래 희망으로 '나는 훌륭한 도둑이 될 거야'라고 말하지 않는 것이다. 결국 길동이도 의적인 자신의 모습에 만족하지 못하고 그의 조국인 조선을 떠난다. 그리고 다른 곳에서 새로운 나라를 건설한다. 자기 맘대로 할 수 있는 새로운 사회를 건설하는 것이다.
　다시 말해, 〈홍길동전〉은 길동이의 삶을 통해 조선사회의 잘못된 점을 드러내고 있다. 가족 간의 사랑을 막고, 또 능력 발휘의 기회도 없애버린 신분제도의 모순을 비판하고 있는 거다. 이런 점에서 〈홍길동전〉은 단순한 영웅소설이 아니라 '사회소설'로서의 성격을 갖게 된다. 한 명의 사람과, 그의 발목을 붙잡는 사회의 대립이 바로 사회소설의 필수적 요소다. 우리는 즐거운 영웅담을 즐기며 조선사회의 문제점도 알아나갈 수 있는 기회를 〈홍길동전〉을 통해서 얻을 수 있다.

〈홍길동전〉과 함께 읽어도 좋은 작품

〈전우치전〉

홍길동전은 단순한 영웅소설이 아니다. 길동이는 자신의 영웅적 행적과 더불어 조선 사회에 물음표를 던지는 인물이다. 마찬가지로 전우치도 도술과 여러 활동을 통해 조선 사회를 비판하고 조롱한다. 둘 모두 도술에 통달했으며 나라의 재물로 빈민을 구제한다. 조선이란 나라에 대해 비판적이며 사회 개혁적인 면모가 보이는 것이다.

그러나 전우치전의 우치는 길동이보다 더 장난스럽고 자기만족적인 측면이 강하다. 사회의 문제들에 대해 비판적으로 접근하지만 분명 장난스러운 면도 보인다는 점이다. 이것은 상사병에 걸린 친구를 위해 절개를 지키는 한 과부를 납치하는 데서도 잘 드러난다. 윤리적인 의식을 갖고 행동하는 것은 아니며 충동적이고 일회적인 행동을 하는 것이다. 길동이가 자신의 의도에 따라 조선 임금으로부터 벼슬을 받아 한을 풀고 해외로 진출하는 데 비해, 전우치 역시 벼슬을 받기는 했으나 장난처럼 왕을 속이고 탈출한다. 그리고 그 탈출은 처음에 의도했던 것은 아니었다. 그 때 그 때 상황에 따라 행동하는 것이다.

이런 측면에서, 전우치전이 홍길동전보다 도술에 더 많은 관심을 보인다는 것은 우연한 일이 아니다. '도술'이라는 요소는 좀 더 대중적인 소재가 될 수 있다. 전우치전은 인물의 성격을 따라 흥미 위주로 흐르며 사회적인 비판 의식은 조금씩 흐려진다. 그렇다고 전우치전이 홍길동전보다 열등하다고 말할 수는 없다. 길동이가 스스로의 매력이 있듯이 우치에게도 자신만의 매력과 장점이 있기 때문이다. '재미'야 말로 소설의 가장 큰 덕목이 아니고 무엇이겠는가?

〈홍길동전〉과 함께 읽어도 좋은 작품

•줄거리

　　조선 초 개성의 숭인문 안에 전우치라는 재주를 가진 선비가 있었다. 그는 자신의 자취를 잘 감추는 신기한 특기를 가지고 있었다. 이 때, 흉년이 계속되어 백성들은 매우 힘든 삶을 살고 있었다. 이에 전우치는 선관으로 둔갑하여 구름을 타고 임금 앞에게 나타나 옥황상제의 명령이니 하늘에서 태화궁을 지으려 황금 들보를 하나씩 구하니 만들어 바치라고 명령한다. 임금이 놀라 이를 만들어 주자 전우치는 그것을 팔아서 곡식을 장만해 고통받는 백성들에게 나누어 준다. 뒷날 속은 것을 깨달은 국왕이 크게 화가 나 전우치를 잡으라는 체포령을 내렸다. 전우치는 자기를 잡으러 온 포도청 병사들을 도술로써 물리친다. 그는 도술을 부려 구름을 타고 사방으로 돌아다니면서 횡포와 약탈을 일삼는 탐관오리들을 혼내 주거나, 교만한 사람을 골려 준다. 또한 그들로부터 탈취한 재물로 가난한 사람들을 도와주는 일에 힘쓴다. 그러다가 스스로 임금에게 나아가 자수하고 말직의 벼슬을 얻게 된 전우치는 조정에서 벼슬아치들의 잘못된 행동을 징벌한다. 이후 도둑의 반란을 평정하는 공을 세웠으나, 역적의 혐의를 받자 전우치는 조정에서 도술과 꾀를 부려 도망친다. 이후 전우치는 친한 벗을 위해 절개 높은 부녀자(節婦)를 훼절시키려다가 강림 도령에게 제지를 당하고, 서화담(徐花潭)과의 도술 대결에서 패한 뒤, 서화담과 함께 산속으로 들어가 도를 닦게 된다.

혹시 여러분은 '무협지'라는 장르의 소설을 읽은 적이 있나요?

여기 〈조웅전〉이라는 작품이 있습니다. 몰락한 가문, 계속되는 시련과 목숨의 위협, 비범한 재능과 조력자들의 도움, 미인과의 사랑, 복수와 출세… 〈조웅전〉은 현재의 무협소설이 갖고 있는 요소를 전부 보여줍니다.

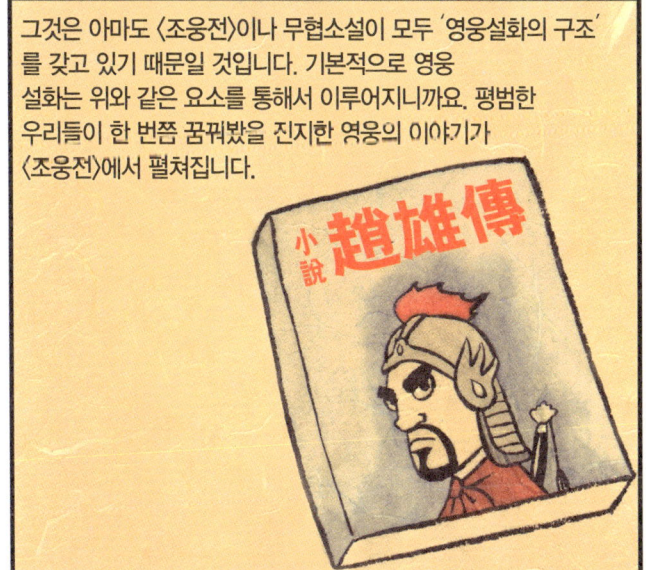

그것은 아마도 〈조웅전〉이나 무협소설이 모두 '영웅설화의 구조'를 갖고 있기 때문일 것입니다. 기본적으로 영웅설화는 위와 같은 요소를 통해서 이루어지니까요. 평범한 우리들이 한 번쯤 꿈꿔봤을 진지한 영웅의 이야기가 〈조웅전〉에서 펼쳐집니다.

중국 송나라에 '문제'라는 황제가 있었습니다.

바야흐로 조웅의 무용담이 시작되는 것입니다.

먼저 서번을 격퇴하고 위국을 구합니다. 위국은 송나라의 제후국으로 조웅의 아버지 조정인과도 인연이 있는 땅이었습니다.

울 아빠 알아?

그리고 귀양가있던 세자를 구출한 후

친구야!

송 문제에 충성하는 장수와 군사를 모아 이두병 반역도당을 일망타진하게 됩니다.

태자는 다시 황제로 등극하고 조웅은 세후로 봉해십니다. 물론 장 소저와도 다시 만나 행복한 결혼생활을 하게 됩니다.

조웅전·끝

조웅전에 대하여

'무협지'라는 대중소설의 장르가 있다. 이를테면, 이런 무협지의 설정이 있다. 한 소년이 있다. 대체로 그 소년에게는 아픈 과거가 있다. 그는 아마도 가문의 몰락을 경험했을 것이다. 아니면 사랑하는 여자를 잃었을 것이다. 연인을 앗아가고 가문을 몰락시킨 원수가 존재할 것이다. 소년은 누군가를 만나고 차츰 성장해 간다. 기존의 순수한 성장 소설이 인성의 성장을 말할 때, 무협지는 무술 실력의 성장을 말한다. 소년은 기이한 인연을 거쳐 내공은 점점 급성장하고 여러 가지 신비한 초식의 무술도 익히게 된다. 끝내 다시 만나는 가문의(혹은 사랑의) 원수! 당연히 소년은 승리한다(만약 패배한다 해도 목숨을 가까스로 건지고 다시 더 강해져서 재대결한다. 그리고는 끝내 빅토리!).

무협지는 아주 단순한 구조 속에서 한 '영웅'의 고난과 성장, 그리고 성공을 다루고 있다. 그런데 놀랍게도 우리의 고전 속에서도 무협지와 같은 구조가 발견된다. 우리는 이런 소설을 '영웅소설'이라고 부른다. 영웅소설은 일정한 요소와 함께 내용이 진행된다. 예를 들면 출생 자체가 평범하지 않다는 것, 비범한 능력을 지녔다는 것, 어린 시절 죽을 고비를 넘긴다는 것, 조력자(혹은 양육자)를 만난다는 것, 그리고 끝내 위기와 시련을 극복하여 성공한다는 것 등이다. 이런 요소와 내용을 〈조웅전〉에서 만날 수 있다. 〈조웅전〉은 귀족가문의 한 자제가 죽을 고비를 넘기고 도망가서 여러 조력자를 만나 힘을 기른 뒤, 끝내 가문과 나라의 원수에게 복수한다는 내용이다.

〈조웅전〉은 〈유충렬전〉과 함께 대표적인 영웅소설이다. 지금의 우리가 무협지나 많은 영웅의 이야기를 좋아하듯이 조선후기를 살았던 사람들도 조웅의 이야기를 좋아했다. 우리들은 대체로 평범하다. 우리는 평범한 만큼 특별하고 비범한 재능을 바란다. 결국 '영웅'이란 존재는 우리가 희망하고 이상화한 어떤 '환상'인지도 모른다. 예나 지금이나 혹은 서양이나 동양이나 사람의 깊은 속마음 중에 '영웅에 대한 열망'이 자리하는 한, 〈조웅전〉의 생명은 계속될 것이다.

〈조웅전〉과 함께 읽어도 좋은 작품

〈유충렬전〉

조웅전이나 유충렬전은 모두 한 영웅이 성장하여 집안의 원수에게 복수하고 나라를 구한다는 내용이다. 외적의 침입을 막는 이야기가 나오는 군담소설이라는 점에서도 공통적이다. 그러나 유충렬전에는 조웅전에는 나오지 않는 전생의 이야기가 있다. 주인공인 충렬은 전생에 천상인으로 역시 천상인이던 정한담과 대립하다가 벌을 받아 '적강'하는 인물이다. 신선이나 선녀가 천상 세계에서 죄를 지어 지상계로 떨어지는 내용의 소설을 '적강소설'이라고 한다. 하지만 조웅전에는 이러한 적강화소가 나타나지 않는다. 또한 유충렬의 부모는 자식이 없어 하늘에 기원을 드리는 '기자치성'을 통해 충렬을 얻게 되는데 비해 조웅전은 그런 '기자치성'의 과정이 나타나지 않는다. 영웅/군담 소설의 커다란 줄기는 비슷하지만 세부적인 면에서는 조웅전이 유충렬전보다 좀더 현실적이라고 하겠다.

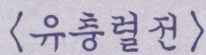
우리 아빠 알아요?

• 줄거리

명나라 영종황제 때 유심(劉尋)은 벼슬이 정언주부로서 사람됨이 정직하고 부유했다. 자식이 없는 유심부부는 하늘에 자식을 기원하여 충렬을 얻게 된다. 이 때 조정에 간신인 정한담과 최일귀가 있었다. 이들은 언젠가 황제에 반역하여 천하를 얻고자 하는 마음을 갖고 있었다. 영종 황제가 즉위하자 다른 나라들과 달리 토번과 가달은 조공을 바치지 않았는데, 두 간신은 그들을 정벌할 것을 천자께 아뢰지만 정언주부 유심이 나서서 적극 반대한다. 이에 정한담과 최일귀는 유심이 오랑캐와 내통하고 있다고 모함을 하고 분노한 황제는 유심을 귀양 보낸다. 두 간신은 옥관 도사를 찾아 황제를 반역하기로 작정하

〈조웅전〉과 함께 읽어도 좋은 작품

지만 유심의 자식인 충렬이 살아 있는 한 불가능함을 알리자 충렬 모자를 해치기로 결심한다. 장씨 부인은 꿈에 나타난 백발 노인의 계시로 간신히 살아 도망치고, 두 모자는 헤어진다. 홀로 방황하며 초나라 땅까지 들어간 충렬은 강희주라는 사람의 도움을 받게 되고 친아들처럼 그의 집에서 지낸다. 만고의 충신 강희주는 황성에 가서 황제에게 정한담과 최일귀의 처단을 호소하는 상소를 올리지만 오히려 역도로 몰려 유배가게 되고 강희주 일가는 노비로 전락하게 된다. 강희주의 딸과 결혼하여 지내던 충렬은 화를 피해 집을 떠나 산으로 들어간 후 자포자기 끝에 출가를 결심하고 광덕산 백룡사에서 노승을 만나 무술을 배운다. 한편 세력이 강성해진 남북의 오랑캐들이 합세하여 명나라를 침공하자 역적 정한담과 최일귀는 천자를 배신하고, 명나라를 공격하는 오랑캐의 선봉장 노릇을 한다. 명나라가 패전을 거듭하여 항복할 수밖에 없는 상황에 처해 있을 때, 유충렬이 나타나 도술과 무예로 이들을 제압하고 목숨이 위험한 천자를 구출한 뒤, 잡혀 간 황후와 황태자를 구출한다. 또한 생사를 알 수 없었던 어머니와 아내를 돌아오는 길에서 되찾는다. 영웅이 된 주인공은 황제와 의형제를 맺고 승상의 지위에 오르며 한평생 영화부귀를 누리게 된다.

※시 : 최계락 '해변'

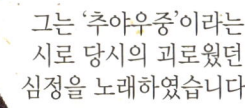
그는 '추야우중'이라는 시로 당시의 괴로웠던 심정을 노래하였습니다.

하지만 신라로 돌아와서도 괴롭기는 마찬가지였습니다. 진골귀족 중심의 신분 차별과 신라말기의 정치적 부패… 허무감에 빠진 그는 가야산으로 들어가 신선이 되었다고 합니다. '제가야산독서당'이라는 시를 보시죠.

가을 바람에 괴로이 읊조리나
세상에 알아 주는 이 없네
창 밖엔 밤 깊도록 비만 내리는데
등불 앞에 마음은 만 리 밖을 내닫네

첩첩 바위 사이를 미친 듯 달려 겹겹 봉우리 울리니
지척에서 하는 말소리도 분간키 어려워라
늘 시비(是非)하는 소리 귀에 들릴세라
짐짓 흐르는 물로 온 산을 둘러버렸다네

〈최고운전〉에서는 세 가지 의의를 들 수 있습니다. 하나는 앞에서도 밝힌 대로 독특한 '문학영웅'의 풍모를 보인다는 점입니다. 또 하나의 특징은 중국에 비해 우리나라의 문화적 역량이 뒤지지 않음을 표현하는 것입니다. 다시 말해, 소설을 통한 민족적 자부심의 회복을 의도했다고 할 수 있습니다. 마지막으로 '최치원'이라는 비극적 영웅에게 호감을 보인 민중성을 주목할 수 있습니다. 최치원은 자신의 신분적 한계로 인해 당나라와 신라 모두에서 아웃사이더가 될 수밖에 없었습니다. 그리하여 최치원이라는 인물 자체가 지배층에 대한 도전이자 저항의 상징이 된 것입니다.

최고운전·끝

최고운전에 대하여

보통의 영웅들은 매우 전형적이다. 그들은 잘생겼고 예쁘며 머리 좋고 급기야는 마음씨까지 착하다. 홍길동의 경우는 특별한 스승도 없이 무술과 도술, 점술까지 독학에 성공한다. 이런 영웅들의 공통점들은 대체로 '무력'에 집중된다. 아무래도 전쟁이나 전투 같은 활극이 독자를 신나게 하고, 독자들에게 영웅 같은 면들을 잘 보여 줄 수 있기 때문일 것이다(사실 당연한 얘기다. 바느질 잘하는 영웅, 요리를 잘하는 영웅 등은 고전에서 거의 찾아보기 힘들다).

그런데 〈최고운전〉의 최고운(최치원)은 매우 독특하다. 기본적인 영웅소설의 전개와 요소들을 따라가면서도 기존의 것과는 다른 점이 있다. 그것은 바로 '무력' 사용의 부분이다. 최고운은 자신의 무력을 통해 적과 원수를 무찌르지 않는다. 특이하게도 기지와 학식, 문장과 시를 통해 위기와 시련을 극복하고 성장한다. 당나라 황제의 병사와 싸우는 것이 아니라 학자들과 학식을 겨루고, 괴물에게 잡혀간 미소녀를 구해 사랑을 이루는 것이 아니라 퀴즈의 정답을 맞혀서 결혼을 약속한다. 반란의 괴수(황소)를 도술과 무술 실력으로 제압하지 않고 몇 줄의 문장으로 겁먹게 한다.

최고운은 신라시대에 실존했던 인물이다. 그러나 소설 〈최고운전〉은 조선 시대에 창작되어 널리 읽힌 작품이다. 다시 말해, 최고운이란 영웅의 특수성은 '조선'이라는 시대적 배경과 관련이 있다는 것이다. 일단 조선사회는 '무(武)'보다는 '문(文)'을 우선시한 사회였다. 영웅이 나와도 '문'에 능통한 영웅 하나쯤은 충분히 있을 만한 사회였던 것이다. 또 하나의 시대적 특징은, 병자호란을 겪은 조선후기의 상황이다. 문을 우선시하는 국가(조선)가 무력이 센 국가(청나라)에게 짓밟힌다. 어떤 패배도 쓰디 쓴 법이다. 병자호란의 경험은 청나라에 대한 조선의 적개심을 불러 일으켰고, 적어도 그들(청나라 여진족)보다는 '문'에서 앞선다는 자존의식이 나왔을 법하다. 그리고 그 결과물이 바로 이 〈최고운전〉인 것이다.

소설은 단순한 '거짓말'이 아니다. 거기에는 당대를 사는 사람들의 소망과 문제의식이 담겨 있다. 두껍고 지루한 역사책보다는 한 권의 짤막한 이야기가 더 생생하게 그 시대와 사람들을 말해 주기도 한다. 〈최고운전〉에는 바로 그런 가치가 담겨 있다.

〈최고운전〉과 함께 읽어도 좋은 작품

〈임진록〉

고운 최치원은 신라 시대 사람이다. 하지만 그를 모델로 한 소설이 조선 후기에 나와 널리 읽히게 된다. 임진왜란이나 병자호란 등의 전란으로 피폐해진 조선 사회는 민족적 자존심을 세워줄 인물이 필요했던 것이다. 그래서 박씨전이 나오고 임경업전이 읽혔으며 최고운전이 인기를 얻었다. 여기에 임진록이라는, 임진왜란을 배경으로 하는 작품이 덧붙여진다. 실존했던 인물들이 등장하여 왜군을 무찌르고 왜왕을 조롱한다. 그것이 승전이었든 패전이었든 전쟁의 피해를 직접 본 것은 조선 민중이었고, 그들은 그런 상처에 대한 정신적 보상을 원했다. 임진록은 바로 그러한 시대적 배경에서 만들어진 것이다.

외국에 우리 민족의 힘과 저력을 보여준다는 점, 또 실존 인물들이 나온다는 것은 최고운전과 공통점이라고 할 수 있다. 하지만 군담(전쟁)소설이라는 점, 주요 인물이 하나가 아니라 집단으로 등장한다는 점은 차이점이라고 말할 수 있다. 또 최고운은 주로 학문적 역량으로 자신에게 주어진 시련을 극복하지만(당나라에 이름을 떨치지만) 임진록의 주인공들은 무력과 도술로 왜군을 무찌른다는 것도 다른 부분이라 할 수 있겠다.

•줄거리

임진년 3월에 청정, 소서, 평수길 등이 왜병을 이끌고 조선을 침공한다. 이때 이순신은 국난을 예측하고 거북선을 만들어 수군을 지휘하여 싸우다 장렬히 전사한다. 왜군이 서울까지 침공하게 되자, 선조는 김도경이란 소년이 말고삐를 잡아줌으로써 간신히 의주로 피난한다. 왜군은 평양을 점령하고, 왜장 소서는 월선이란 기생을 첩으로 삼는다. 그 사이에 최일경이 의주로 와서 선조와 의논한 결과, 유성룡을 명나라 조정에 보내어 구

〈최고운전〉과 함께 읽어도 좋은 작품

원군 파견을 요청하도록 결정한다. 그리고 관운장이 나타나 청정을 꾸짖고, 김덕령이 도술을 부려 청정이 곤욕을 치른다. 한편 최일경은 김응서를 시켜 월선으로 하여금 소서를 암살하도록 한다. 명나라 군대 파견 요청이 실패하자 관운장이 나타나서 명나라 천자로 하여금 조선에 군사를 파견하게 한다. 이여송이 선조를 알현하고 드디어 출전한다. 이여송과 청정이 승부를 가리지 못하고 있는데 관운장이 나타나 청정의 머리를 벤다. 대장을 잃은 왜군은 대패하게 되었고 곧 본국으로 돌아간다. 조정에서는 김응서와 강홍립을 대장으로 내세워 왜국의 항서를 받게 한다. 두 장군이 가서 도술로 많은 장군을 죽이자 왜왕은 하는 수 없이 화친을 청한다. 임진왜란이 평정된 지 13년 만에 서산 대사가 꿈을 꾸고 상경하여 선조 대왕을 뵙고 왜구의 재침략을 막을 묘책을 논의한 끝에 자기의 제자 사명당을 왜국에 보내 강화하게 한다. 사명당이 생불이라는 소문을 들은 왜왕은 여러 차례 그를 죽이려 시도하지만 실패하고 어쩔 수 없이 항서를 올린다. 사명당이 왜국의 항서와 조공의 약속을 맺은 뒤 귀국한다.

홍계월전

이제껏 우리는 많은 남성영웅들의 모습을 봐왔습니다. 하지만 이제 우리가 봐야 할 것은 여성영웅의 모습입니다.

남존여비의 봉건적 의식이 지배하던 조선사회에 여성의 한을 토대로 한 많은 여성의 문학작품들이 만들어집니다.

여기 홍계월이라는 여주인공이 있습니다. 그녀 역시 남성영웅들처럼 비슷한 시련, 비슷한 조력자의 도움, 비슷한 기이한 출생과 능력 등의 과정을 거쳐 큰 성공의 자리에 서게 됩니다.

한가지 다른 점은 홍계월의 남편에 대한 태도입니다. 그녀는 남편을 시험하고 위협하고 끊임없이 조롱합니다. 이건 이전의 남성영웅들이 자신의 배우자에게 보이는 태도와는 큰 차이가 있습니다.

앞으로 취침!

뒤로 취침!

헉헉

홍계월전에 대하여

남존여비, 부창부수, 삼종지도, 칠거지악…

모두 여자들에게 불리한 과거의 관습들이다. 유교적 이념이 강렬한 조선 시대에 여성들은 자신의 자유를 매우 많이 제한받았다. 그래서 쌓인 것도 많았다. 인간은 자신 안에 있는 불순한 것들을 그대로 품고 가지 못한다. 어떤 식으로든 그것을 해결할 방법을 강구한다. 그러한 해결 방법 중에 하나가 바로 문학이다. 그것이 감상이든 창작이든 문학은 사람들의 아픔과 슬픔을 보듬어 주고 위로한다. 조선 시대의 많은 여성들 역시 문학에서 쌓인 스트레스를 풀었다.

우리가 소설이라는 이야기 갈래를 통해서 재미를 얻는 방식은 크게 두 가지를 말할 수 있다. 하나는 '동일시'가 있다. 자신과 비슷한 입장과 처지의 사람을 발견하고 그 인물의 슬픔과 기쁨을 대신 살아보는 것이다. 우리의 어머니들이 주말 드라마를 보면서 눈물을 흘린다든가 아버지를 째려보며 바가지를 긁기 시작한다면, 바로 작품인물과의 동일시가 시작된 것이다. 또 다른 방식은, 우리의 현실과는 전혀 다른 인물―우리가 가져 보지 못한 능력과 환경, 혹은 행동을 할 수 있는 존재를 통해서 대리 만족을 느끼는 것이다. 지극히 평범한 생활을 하는 독자들로서는 당연히 꿈꿀 수밖에 없는 '영웅'을 통한 만족인 것이다.

〈홍계월전〉은 바로 여성들이 현실에서는 절대로 맛볼 수 없는 많은 것들을 건드리는 소설이다. 일단, 여자의 관직등용과 출세는 조선사회에서 꿈도 꿀 수 없는 것이었다. 하지만 홍계월은 남자들보다 더 우수한 성적으로 관계에 진출한다. 거기에 더해 맥아더 장군도 하지 못한 대규모의 전공을 올리고 황제의 신임을 전폭적으로 받는다. 이것이 겉으로 드러난 홍계월전의 대리만족 요소라면, 홍계월이 남편을 조롱하고 상급자의 입장에서 골탕 먹이는 장면은 작품 내부에 숨어 있는 대리만족의 요소일 것이다.

우리의 할머니들은 〈홍계월전〉을 읽으면서 시집살이의 고됨을 잊었고, 조선이란 사회에 여성으로 태어난 불우한 운명을 잠시나마 잊을 수 있었던 것이다. 물론 아침에 눈을 뜨면 다시 고난에 찬 현실이 시작되었을지라도…

〈홍계월전〉과 함께 읽어도 좋은 작품

〈이춘풍전〉

　홍계월은 집안에 큰일이 닥쳐 부모와 헤어지고 남자로 크게 된다. 같이 자라난 보국과 경쟁하며 성장한 계월은 오히려 보국보다 더 뛰어난 능력을 보인다. 남장 사실이 드러나 둘이 결혼한 후에도 주도권은 계월에게서 떠나지 않는다. 남존여비 사회에서 홍계월전은 박씨전과 함께 여성들에게 카타르시스를 주는 소설이라 할 만하다. 여성이 자신의 능력을 온전히 발휘하지 못하는 시대에 오히려 남자보다 더 뛰어난 능력으로 나라를 지키는 모험담은 짜릿한 쾌감을 주었을 것이다. 그러나 이춘풍전에 나오는 춘풍 처의 모습 또한 만만치 않다. 남장을 한 뒤, 말을 듣지 않는 방탕한 남편을 마음껏 혼내주고 거기에 덧붙여 나쁜 버릇까지 고쳐준다는 이야기는, 홍계월전처럼 영웅적이지는 않아도 땅콩을 씹는 것처럼 세세하고 고소한 맛이 있다. 물론 현대적인 시각에서 본다면, 굳이 그런 남자를 교화시켜 데리고 살 필요가 있을까란 생각도 들지만 '현모양처'를 강요하는 시대에 그 정도의 주도권 확보만으로도 충분히 진보적인 입장을 보여주는 작품이라고 할 수 있을 것이다.

〈홍계월전〉과 함께 읽어도 좋은 작품

•줄거리

　숙종 대왕 평화로운 시기, 서울 다락골에 이춘풍이 살았다. 춘풍은 부자집의 독자로 인물과 재주가 뛰어났다. 그러나 부모가 돌아가자 방탕하게 재물을 탕진하여, 아내에게 집안을 맡긴다는 수기를 써 주게 되었다. 아내가 열심히 길쌈하여 오년만에 제법 넉넉히 살게 되자, 춘풍은 아내를 윽박질러 가산을 긁어모으고 호조 돈 이천 냥을 빚내어 평양으로 장사를 떠난다. 평양에 간 춘풍은 객사에서 추월에게 홀려, 일년이 안 되어 이천 오백 냥을 모두 날리고는 추월에게서 쫓겨나 하릴없이 추월의 사환 노릇을 하게 되었다. 이 소식을 부인이 듣고 궁리하던 중, 뒷집의 자제가 평양감사를 할 위치에 있는 것을 알고 그의 대부인을 대접하여 인심을 얻어 놓고는, 그 아들이 평양감사를 하게 되자 사정을 말하고 남장을 하고 감사의 회계비장으로 평양으로 떠난다. 평양에 가자 비장으로서 춘풍을 잡아 호조 돈을 없앤 죄로 곤장을 치고, 이에 추월이까지 잡아 족쳐 오천 냥을 십일 안에 해 놓아 춘풍더러 서울로 가져 오라 명령한다. 춘풍이 돈을 받아 서울 집에 와서는, 아내에게 장사로 그 동안 돈을 벌었다 자랑하며 또 평양으로 가려 한다. 이에 아내가 다시 비장 복장으로 나타나 춘풍에게 음식을 준비하라고 하나 그의 아내가 없어 허둥지둥한다. 비장이 오늘은 집에서 자고 가리라며 옷을 벗으니 비장이 자기 아내임을 안다. 이에 춘풍은 개과하고 가정을 잘 다스리며 살았다.

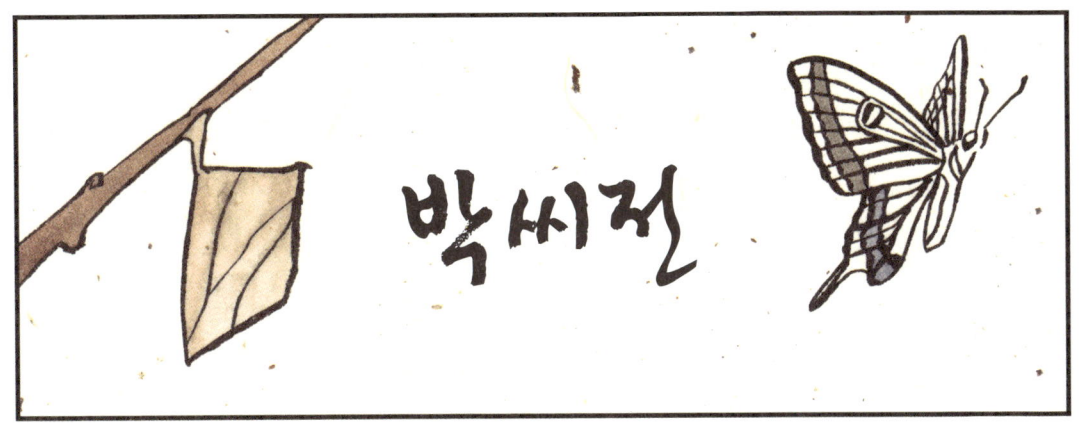

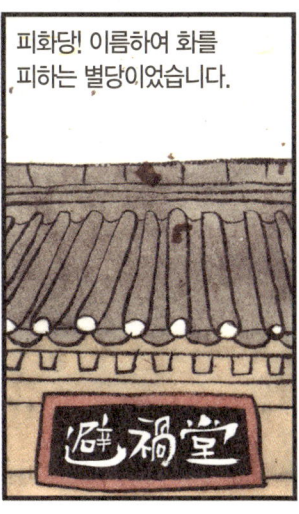

박씨전·끝

박씨전에 대하여

사실, 나는 내가 마음에 들지 않는다. 키가 좀 더 컸으면 좋겠고 얼굴은 작아졌으면 좋겠다. 아니, 외모만이 아니라 나의 소심한 성격, 수학을 어려워하는 머리 모두 마음에 들지 않는다. 그래서 사람들은 성형외과를 찾기도 하고 운동을 하기도 하며, 정신적으로는 교회나 절을 통해 마음의 안정을 찾으려 한다. 이런 행동들의 밑바탕에는 '나에 대한 불만'이 깔려 있다. 그때, 사람들은 '변신'을 생각한다. 지금과는 전혀 다른 나, 훨씬 멋지고 긍정적인 나를 원하는 것이다.

〈박씨전〉은 바로 그러한 '변신'의 욕망을 통해 내용을 전개한다. 단지 못생긴 정도를 넘어 한강변의 괴물 같은 용모로 주변을 얼어붙게 한 뒤, 뱀이 허물을 벗듯 화려한 미인으로 다시 태어난다. 여기서 남편의 간사함도 드러난다. 근엄한 유교적 사상으로 무장한 남편은 부인임에도, '괴물' 시절에는 근처에 얼씬도 하지 않다가 부인이 미녀로 변신하자 곁에 딱 달라붙어 떠날 생각을 하지 않는다. 결국 아무리 고매한 척해도 남자는 여자의 외모를 밝힌다는 별로 놀랍지도 않은 교훈이 〈박씨전〉에 담겨 있다.

이중적인 남성에 대한 풍자를 넘어, 박 씨의 변신은 사회와 역사로 향한다. 조용히 가정 안의 문제에만 관심을 두던 전반부와는 달리, 청나라가 침입한 병자호란의 후반부에는 어떤 남자도 하지 못하는 대단한 활약을 박 씨는 펼쳐 보인다.

전반부에 나타난 외모에 따른 여성의 수난과 해소, 후반부에 보여준 능력 있는 여성의 나라와 사회에 대한 공헌은 이 작품이 어떤 부분에 초점을 맞추고 있는지를 알려 준다. 여러 가지 이유로 남자들에게 서러움을 받던 여자들에게 '변신'의 대리 만족을 주며, 동시에

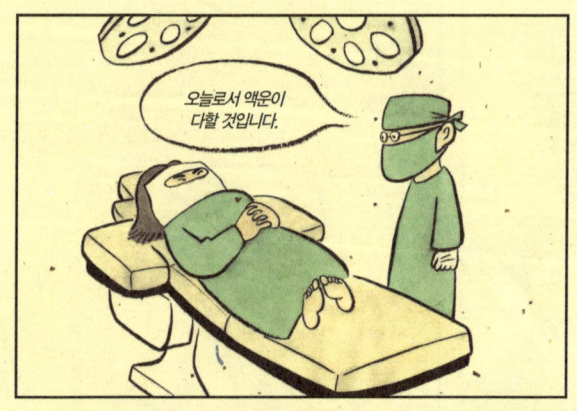

남자들도 하지 못하는 구국의 영웅적 행동으로 억압되었던 자신의 답답함을 통쾌하게 터뜨리는 것이다. 박 씨의 화려한 변신과 대단한 활약은 결국 조선여인들의 괴로운 처지와 현실을 반증하고 있다. 가끔씩 소설은 드러나는 부분이 아니라 숨겨진 그림자를 통해서 더 많은 내용을 보여준다.

〈박씨전〉과 함께 읽어도 좋은 작품

〈임경업전〉

박씨전에도 임경업 장군은 등장한다. 임 장군은 병자호란 당시 세계최강의 기병대를 자랑하던 청나라군이 유일하게 두려워했던 존재였다. 그럼에도 전쟁(병자호란)은 조선의 처절한 패배로 끝이 난다. 그래서 사람들은 더욱더 박씨나 임경업 같은 영웅들을 찾았다. 정신적인 상처를 치유할 치료제가 필요했던 것이다. 박씨는 여자의 몸으로 청나라 장수를 혼내주고 마음껏 유린한다. 그러나 박씨는 상처 입은 조선이 만들어 낸 허구적 인물이다. 실제로 존재하지 않는, 여성들의 억눌린 한과 민족의식이 창조한 하나의 캐릭터인 것이다. 하지만 임경업은 역사 속에 실제로 등장하는 실존 인물이다. 물론 소설 속에서 허구적으로 꾸며진 부분이 있지만 많은 부분이 사실에 근거한 것이다. 결국 임경업은 자신의 과업을 달성하지 못하고 비극적으로 죽음을 맞이한다. 그리고 그 죽음의 책임은 나라 지키기에는 관심이 없는 조정의 간신들에게 지워진다. 그래서 청나라에 패배하고 민족적 치욕을 당한 이유도 명확해진다. 그것은 자신의 사리에만 밝은 간신들 때문이었던 것이다. 작품은 그런 식으로 청나라에 패배 당한 비극적 현실을, 한 영웅의 죽음과 함께 위로한다.

·줄거리

충청도 충주 달천촌에서 태어난 임경업은 25세에 무과에 급제하여 백마강 만호가 되고, 천마산성 중군이 되어 산성을 축조한 뒤 사신 이시백을 따라 중국에 들어간다. 이때 마침 호국이 가달의 침략을 받고 명나라에 구원을 청한다. 명나라에는 마땅한 장수가 없어서 조선의 임경업이 청병대장이 되어 출전하여 호국을 구원한다. 귀국 후에 호국이 강성하여져 조선을 침략하고자 하니, 조정에서는 임경업을 의주부윤으로 삼아 호국의 침입을 막도록 한다. 임경업의 용맹을 두려워한 호국은 의주를 피해서 함경도로 돌아 도성을

〈박씨전〉과 함께 읽어도 좋은 작품

공격하여 인조의 항복을 받고 회군한다. 의주에 있던 임경업은 이 소식을 듣고 회군하는 적을 공격하려 하였으나, 호국군에게 인질로 잡혀가던 세자와 대군의 만류로 할 수 없이 길을 열어 준다. 호왕은 명나라를 치겠다고 조선에 청병을 하면서 임장군을 대장으로 보낼 것을 요구한다. 김자점의 주청으로 조선 조정에서는 임경업을 호국에 파견하였는데, 임경업은 옛날 의리를 생각해서 명나라와 내통하여 명나라로 하여금 거짓 항서를 올리게 하고 귀국한다. 이 사실을 안 호왕은 다시 임경업을 호국으로 보낼 것을 요청하지만, 임장군은 호국의 간계를 미리 알고 호송하던 호병을 죽이고 중이 되어 명나라로 도망한다.

임장군은 명군과 합세하여 호국을 정벌하고자 하였으나, 승독보의 배신으로 호군에게 잡혀 호국에 이르게 된다. 호왕은 오히려 임장군의 위엄과 충의에 감복하여 세자 일행과 임장군 모두 본국으로 송환하도록 한다. 임장군의 귀환 소식을 들은 김자점은 자기의 죄를 숨기고자 왕을 알현하고 나오는 임장군을 암살한다. 왕은 꿈속에서 임장군의 현신을 보고 김자점을 잡아 처형하고 임장군의 충의를 포상한다.

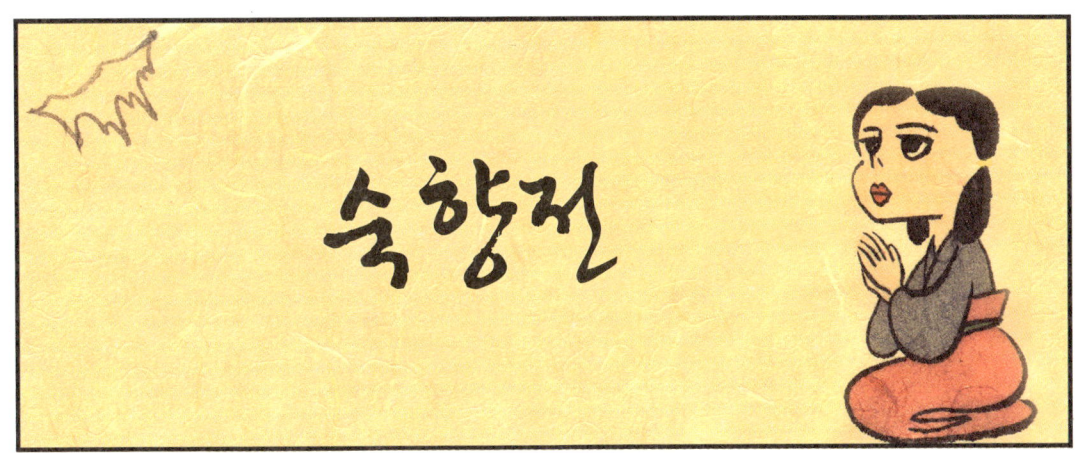

숙향전

또 불합격이야. 그렇게 공부했건만…

인생이 고통스러울 때, 되는 일이 하나도 없을 때 사람들은 신을 찾거나 운명론에 빠집니다.

신이시여! 나 좀 도와주소서!

여기 숙향이라는 여인이 있습니다. 정말 모질게 고생하지만 하늘의 운명을 확인하고 고난을 참으며 조력자의 도움으로 끝내는 행복을 성취합니다.

이런 인생은 아마도 당대를 살던 사회적 약자들의 질긴 바람이었을 것입니다. 자신에게 닥친 고난이 하늘이 내린 운명이며 언젠가는 시련이 끝나고 행복해질 거라는 믿음을 갖는 거죠.

배고파~

봉래산으로 가는 길은 그야말로 죽음이나 다름없었습니다.

그러나 이선은 용의 도움으로 무사히 봉래산에 이르게 됩니다. 그 용은 전에 숙향의 아버지 김전이 구해준 거북의 오빠인 용왕이었습니다.

봉래산에서는 이선 도령과 전생에 친구사이였던 신선이 맞아주었습니다.

그 신선은 천상에서 세 사람이 부부였다는 사실을 알려주었습니다.

이선(태을진군)
숙향(월궁항아) 매향 공주(설중매)

운명이 그렇다면 할 수 없지.

신선에게 약을 얻어 황실로 돌아온 이선 도령은 황태후를 살리고, 전생의 인연에 따라 매향 공주를 후처로 맞이합니다.

이제 지긋지긋한 숙향의 업보는 끝났습니다. 세 사람은 70이 될 때까지 행복하게 살다가 동시에 신선 선녀가 되어 승천하게 됩니다.

숙향전에 대하여

영웅이 꼭 비범한 재능으로 적들을 물리치고 권력을 획득하는 것만은 아니다. 우리가 '영웅소설'이라고 부르는 것은 공통적으로 발견되는 일정한 요소가 있다. 이를테면, 신이한 잉태와 출생(겨드랑이로 알을 낳는다든가), 어려서의 죽을 고비(꼭 아기를 죽이라고 누구에게 시킨다. 그럼 하수인은 그 귀여운 아기의 모습에 죽이진 못하고 강물에 띄우기만 하든가), 조력자의 도움(그 아길 주워서 키우거나 무술과 도술 등을 가르쳐 주거나), 시련의 극복 등이 바로 그것이다. 〈숙향전〉은 바로 이런 점에서 영웅소설의 범주에 들어간다.

전생에 선녀였던 숙향은 죄를 짓고 하늘에서 인간 세상으로 떨어진다. 그 죄에 해당되는 벌을 받을 때까지는 예정된 시련을 모두 견뎌내야 한다. 이미 운명적으로 결정된 시련에 숙향은 때로 좌절하기도 하지만 조력자들의 도움으로 그것을 극복해낸다.

숙향이 벌을 받게 된 이유는 전생에 한 남자(신선)를 사랑하고 그를 위해 죄를 범했기 때문이다. 또한 숙향이 고난을 이겨내고 얻는 성공 역시 전생의 연인과 만나 커플이 되는 것이다. 〈숙향전〉은 한마디로 사랑의 완성을 향해 매진하는 사랑의 영웅을 그린 작품이라고 볼 수 있겠다. 하지만 〈숙향전〉 역시 다른 고전과 마찬가지로 한 가지의 테마가 중요한 것은 아니다. 이 작품이 지니는 가치는, 그 자체로 신비롭고 재미있는 환상세계와 환상적 인물들에 대한 묘사에도 있는 것이다.

〈숙향전〉과 함께 읽어도 좋은 작품

〈백학선전〉

적강소설이란 전생에 천상계의 신선이나 선녀가 죄를 지어 하계(인간계)로 내려오는 소설을 말한다. 대개의 경우는 하계에 내려와 갖은 고생을 하게 되는데, 그 시련들을 모두 극복해야 불행이 끝이 난다. 숙향전과 마찬가지로 백학선전도 적강소설의 구조이다. 신선이었던 유백로와, 선녀였던 조은하가 모두 적강하여 시련을 극복하고 사랑을 이룬 뒤 다시 승천하는 이야기인 것이다. 숙향전에서 숙향이 수를 놓은 천으로 그녀와 전생부터 인연이 있던 이선이 그녀를 알고 만나게 된다. 수를 놓은 그림은 숙향과 이선이 있던 천상계의 풍경이었던 것이다. 백학선전에서도 비슷한 장면과 소재가 나타난다. 우연히 은하와 만나게 된 백로는 그녀가 자신의 전생 배필임을 알고 가문의 가보인 백학선을 정표로 은하에게 준다. 그리고 백학선은 이후로도 둘의 사랑을 이어주는 중요한 소재로 기능하게 된다.

두 작품의 다른 점은, 여성 캐릭터의 성격에 있다. 숙향은 주어진 불행의 운명을 수동적으로 감수하지만, 백학선전의 은하는 여성 영웅소설의 주인공처럼 적극적으로 상황에 대처한다. 전장에 나가 도술을 써서 적장을 물리치고 심지어는 연인 백로까지 구해내는 것이다.

·줄거리

명나라 남경에 사는 유태종은 자식이 없어 부인과 후원에 단을 모으고 기도한다. 부인 꿈에 신비로운 아이가 나타나 '천상에서 죄를 지어 당신의 자식이 되고자 한다'는 말을 듣고 잉태하고, '이 아이의 배필은 서남에 있다'는 선녀의 말을 들으며 아들을 순산한다. 이름은 유백로라고 부르게 된다. 이부상서 조경노와 순씨 사이에도 자식이 없어 절에 빌어 '천상의 시녀'가 딸로 태어나게 되니, 이름을 은하라 하였다.

〈숙향전〉과 함께 읽어도 좋은 작품

운수 선생에게 가던 백로는 길가에서 열 살의 은하를 만나, 집안 대대의 보물인 백학선에 '窈窕淑女 君子好求'(요조숙녀는 군자의 좋은 짝)라는 글귀를 써서 주고는 훗날을 기약한다. 병부상서 문상서가 유백로를 사위로 청혼하지만 유백로 집안에서 거절하자 앙심을 품고 최국양도 은하를 며느리로 맞고자 하나, 거절 당하자 앙심을 품는다. 유백로가 과거에 급제하여 남방순무어사로 부임하며 은하를 찾았으나 찾지 못하고 병이 들어 벼슬을 버린다.

　이 때 오랑캐 가달이 쳐들어오자, 유백로가 최국양에게 원하여 대원수가 되어 가달을 막으려 한다. 하지만 최국양이 전쟁 지원을 해 주지 않아 군사들은 몰살 당하고 백로는 가달에게 잡히고 만다. 집안이 망해 방황하던 은하는 주막에서 점괘를 보고 백로가 위험함을 알고는 임금에게 자원한다. 병법과 무술에 신통력이 있음을 본 임금은 조은하를 원수 가달을 치게 허락한다. 조은하는 오랑캐를 물리치고 가달을 잡으며 백로를 구해 돌아온다.

　최국양은 처벌을 받고, 유백로, 조은하는 연왕, 연왕비가 되며 팔순에 하늘로 올라간다.

3 · 우의소설

아직 머리에 피도 마르지 않은 시절, 우리는 누군가 읽어 주는 동화를 들었다. '옛날 옛날에~'로 시작되는 그런 이야기 중에서 많은 것들이 '동식물'을 주인공으로 했다. 그 유명한 〈토끼와 거북이〉는, 다양하게도 동서양의 버전이 모두 마련되어 있어서 코흘리개 독자들은 골라 먹는 재미를 맛볼 수 있었다. 나아가 동물 주인공으로 일관했던 '이솝'이란 작가는 저연령 미취학 아동계층에 열렬한 지지를 받으며 스타 작가로 등극한다.

어린 시절의 추억을 떠올리지 않아도, '디즈니'나 헐리우드에서 만들어지는 만화영화의 다수가 동식물을 주인공으로 한다. 그리고 세계의 어린이들로부터(소수의 어른도 포함해서) 여전히 계속되는 관심을 받는다. 〈미키 마우스〉는 말할 것도 없고, 〈톰과 제리〉, 〈라이언 킹〉, 최근에 나온 수도 없이 많은 동물 영화들…

꼭 동식물이 아니더라도 '사람 아닌 것'이 '사람'처럼 굴면 재미있다. 개가 노래를 하고 하마가 질투하는 상상… 옛날 우리의 할아버지 할머니들도 그 사실을 알고 있었다. 그래서 많은 동식물(혹은 사물)이 주인공인 이야기를 만들었다. 〈화왕계〉를 비롯하여 고려시대의 가전체소설, 판소리에 나오는 수많은 동물 주인공들이 바로 그것이다. 손자손녀들에게 인기를 끌기 위해서는 꼭 필요한 아이템들이었던 것이다.

그리고 여기에는 단순히 동물 주인공의 등장을 넘어 특별한 주제의식이 들어갔다. 예를 들어, 우리가 잘 알고 있는 〈토끼전〉(혹은 〈별주부전〉이라고도 한다)은 토끼라는 약자가 권력으로부터 위협받았을 때, 그 위기를 넘기는 지혜를 이야기한다. 이 이야기를 즐겼던 사람들은 양반과 관리들로부터 많은 것을 빼앗기고 고통받던 사람들이다. 토끼에 감정을 이입시켜서 용왕과 용궁 식구들을 조롱하고 육지로 돌아오는 스릴을 맛보았던 것이다. 하지만 이 동물우화는 거기서 끝나지 않는다. 자라의 입장에서(이때는, 〈별주부전〉이란 제목이 붙는다) 용왕을 구하지 못한 자신을 자책하며 자살을 시도하는 충신의 모습도 비추어준다. 이것은 당대의 사회가 여전히 양반 중심의 사회라는 것을 말해준다. 왕을 위해 목숨까지 바칠 줄 아는 자라야말로 당대의 양반들이 뜨겁게 찬양하는 '스타'의 모습이 아니던가.

우리는 동식물 주인공들을 통해 쉽게 감정을 이입하고 거기서 그 시대를 살았던 사람들의 감정과 생각을 읽는다. 문학은, 소설은 그 누가 주인공일지라도 결국 '인간'에 관한 것을 이야기한다. 우화소설은 그런 점에서 아주 즐겁고 편안한 인간 탐구의 골목길이다.

똑같은 관점에서, 한국의 우화소설은 즐거운 한국인과 한국문화 탐구의 길로 독자들을 안내할 것이다.

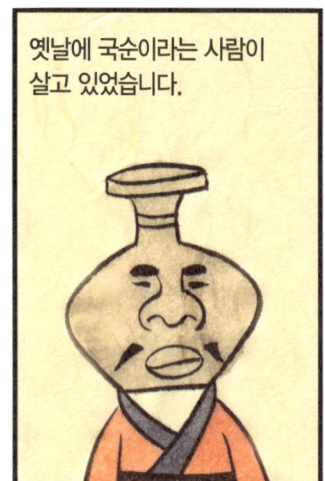

국순전·끝

국순전에 대하여

우화란 이야기 갈래가 있다. 사람 아닌 동물이나 식물이 사람처럼 행동하는 이야기. 그 이야기 속에는 인간을 겨냥한 교훈과 풍자 등이 숨어 있다. 우리가 이미 잘 알고 있는 대표적인 것이 〈이솝 우화〉 같은 것이다.

고려시대에도 이런 우화의 갈래가 있었다. 그것이 바로 '가전체'문학이다. 가전체는 사람 아닌 다양한 사물들을 의인화하여 어떤 의미를 전달하는 이야기문학이다. 〈국순전〉역시 그런 가전체문학의 한 종류이다. 제목만 보면 무슨 주류(술) 회사 이름 같다. 맞다. 〈국순전〉은 '술'을 의인화한 이야기다.

원래 술이란 것이 적당히 마시면 괜찮다. 기분도 좋아지고 잠도 잘 온다. 또, 여자들처럼 수다를 떨지도 못하는 남자들 마음에 맺힌 것을 풀어주기도 한다. 하지만 모든 것이 그렇듯이 술 역시 지나치면 좋지 못하다. 이때, 술은 사람을 향락에 젖게 만들고 진실을 구별하지 못하게 한다. 〈국순전〉은 위와 같은 술의 부정적 영향에 대해서 얘기한다. 아니, 단지 일반적인 술에 대한 경계를 말하는 것을 넘어, 정치에 있어서 군주나 신하가 '취하는 것'에 대해 말한다.

〈국순전〉은 이후에 만들어지는 〈국선생전〉에도 큰 영향을 끼친다. 두 작품 모두 '술'을 소재로 했으나 〈국순전〉이 술의 부정적인 면을 말하고 〈국선생전〉이 긍정적인 면을 이야기한 것은 차이점이라고 할 수 있다.

공방전

황금만능주의란 말을 아십니까? 인간성, 사랑, 도덕 등등은 외면하고 돈만 있으면 무엇이든지 마음대로 할 수 있다는 사고방식이나 태도를 말합니다.

고려나 조선 시대에도 돈은 있었고, 우리의 조상들은 그런 돈에 대해 경계심을 갖고 있었습니다.

뒤져서 나오면 엽전 한 푼에 한 대씩이다.

〈공방전〉은 바로 그런 돈에 대한 이야기입니다.

옛날에 공방이란 자가 살았습니다. 생김새가 밖은 둥글고(공) 구멍은 모나게 뚫렸습니다(방).

공방의 생김새는 엽전의 외형적 형태를 묘사하는 한편, 겉으로는 융통성 있는 모습이지만 속으로는 부정한 뜻을 품은 상징적인 모습으로 재해석될 수 있습니다.

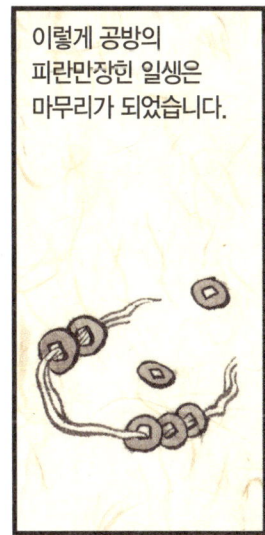

공방전에 대하여

〈공방전〉은 '돈'을 의인화한 가전체문학이다. 그 옛날 고려시대부터 '화폐'는 사용되어 왔다. 하지만 처음부터 사람들이 '돈'을 사용한 것은 아니다. 만약 내가 쌀이 많은데 필요한 것이 비단이라면 쌀을 들고 시장에 나가 두 가지를 교환해야 했다. 그러나 그런 방식은 너무나 불편하다. 자신이 갖고 있는 물건과 필요한 물건을 효과적으로 바꾸기 위해 사람들은 아이디어를 짜냈고 그래서 나온 것이 바로 '돈'이다. 물물교환의 번거로움을 방지하고, '돈'이라 약속된 쇠붙이들로 마음껏 쇼핑하는 것이다.

쇼핑의 즐거움을 아는가? 돈이 있을 때, 백화점이나 할인마트 같은 수많은 상품들의 소용돌이를 헤매는 짜릿한 기분. 돈이 많다면 그 기분을 더 오래 만끽할 수 있다. 사람들은 돈의 매력에 사로잡혀 있고 그것은 고려시대도 마찬가지였다. 화폐의 유통이 완전히 자리 잡지는 못했지만 사람들은 돈의 매력과 유쾌함을 알면서 집착하고 도덕은 점점 타락해 갔다.

〈공방전〉은 바로 그런 관점에서 창작된 가전체문학이다. 기본적으로 돈이 갖고 있는(혹은 가지려고 하는 사람들의) 속성을 부정적으로 바라본다. 사실, 자본의 대단한 위력을 실감하고 있는 현재 대한민국에서 돈에 대한 문제의식은 이미 너무 흔한 레퍼토리가 되었다. 아무리 돈의 부정성을 말해도 돈 싫어하는 사람은 없다. 돈과 거리가 있을 것 같은 종교인마저 돈에 집착하는 것이 현실이다. 이런 상황에서 임춘이 살았던 시대의 그 유치한 화폐경제의 위험성을 귀담아 듣기란 힘들다. 하지만 '돈'의 위험성을 경계한 임춘의 모습에서 나는 어쩌면 임춘은 그것을 경계하는 만큼 그것을 원했던 것은 아닐까 하는 의문도 든다. 진정으로 원했을 때 그것의 위험성도 깨닫게 되는 것이다.

〈공방전〉은, 화폐가 자리 잡던 옛날 사람들이 '돈'을 어떻게 보고 있었는지 알려주는 훌륭한 자료다. 또한 가전 특유의 의인화를 통해 개성적인 돈의 모습이 만들어졌다. 여러 가지 면에서 〈공방전〉은 가치가 있는 작품이라고 할 수 있다.

<〈국순전〉, 〈공방전〉과 함께 읽어도 좋은 작품>

〈국선생전〉

가 전체 소설은 우리나라 소설문학의 원류다. 아직 본격적으로 소설 문학이 형성되지 않았던 고려시대에 새로운 형태의 이야기 문학이 시작된 것이다. 가전체는 사물을 의인화하여 전기 형식으로 쓴 것이다. 대개는 사람이나 세태의 모습을 풍자하여 교훈이나 경계의 의미를 전하는 것이 목적이었다. 국순전이 술을 의인화하여 그것이 사람에게 미치는 부정적인 영향을 얘기했다면, 공방전은 돈을 의인화하여 사람들의 탐욕을 경계했다. '국선생전' 역시 술을 소재로 의인화한 가전체 소설이다. 단, 국선생전에서의 '술'이란 대상은 비록 실수를 하더라도 스스로의 잘못을 깨닫고 나라를 위해 헌신할 수 있는 긍정적인 캐릭터라는 점이 위의 두 작품과 다르다. 스스로를 반성할 줄 알고 위국충절을 위해 몸을 아끼지 않는 선비(군자)인 것이다.

• 줄거리

주인공인 국성(麴聖-맑은 술)은 주천 고을 사람으로 아버지는 차이고, 어머니는 곡씨의 딸로서 어려서 서막(술을 좋아했던 선비)의 사랑을 받아 그가 이름을 붙여주었다. 자라서는 유령, 도잠과 더불어 친구가 되었으며, 임금도 국성의 향기로운 이름을 듣고 총애하였다. 그리하여 임금과 날로 친근하여 거슬림이 없었고, 잔치에도 함부로 노닐었다. 그러자 그의 아들 삼형제 혹(酷-텁텁한 술맛의 형용), 포(계명주-차좁쌀로 빚은 술), 역(쓰고 진한 술)이 아버지의 총애를 믿고 방자히 굴다 모영(붓을 의인화한 것)의 탄핵을 받았다. 이로 말미암아 아들들은 자살했고, 국성은 벼슬을 잃었으나 뒤에 다시 기용되어 난리를 평정함에 공을 세웠다. 그 뒤 스스로 분수를 알아 물러나 임금의 허락을 받고 고향에 돌아가 죽었다.

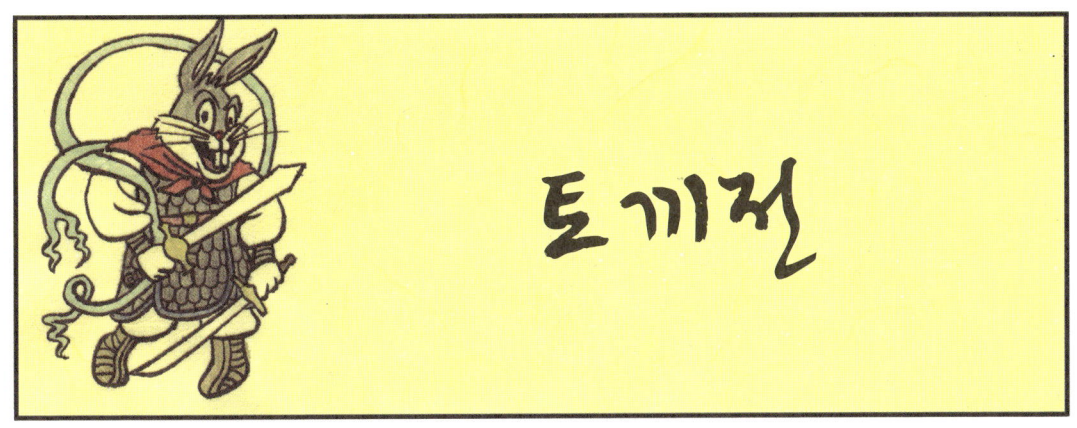

토끼전

한곳을 바라보니
묘한 짐승이 앉었다.
두 귀는 쫑긋 눈은 도리도리
허리는 늘씬 꽁지는 묘똑
좌편 청산이요
우편은 녹수라~

판소리는 조선후기 서민들이 만들어내고 양반까지 즐긴 예술갈래였습니다.

사람들은 계층을 불문하고 판소리에 열광했고, 급기야는 문자로 '기록'되기까지 하니…

노래! 노래!

노래방 자막 없으면 노래 못 불러요.

그 기록이 바로 '판소리계소설'입니다.
여기 〈토끼전〉이란 작품도 그런 과정 속에서 만들어졌습니다.

한곳을 바라보니
묘한 짐승이 앉었다.
두 귀는 쫑긋 눈은 도리도리
허리는 늘씬 꽁지는 묘똑
좌편 청산이요
우편은 녹수라~

이 작품은 원래 〈구토지설(거북이와 토끼의 이야기)〉이란 설화에서 〈수궁가〉 혹은 〈토별가〉라는 판소리로 불리다가 〈토끼전〉 또는 〈별주부전〉이란 소설로 기록된 것입니다.

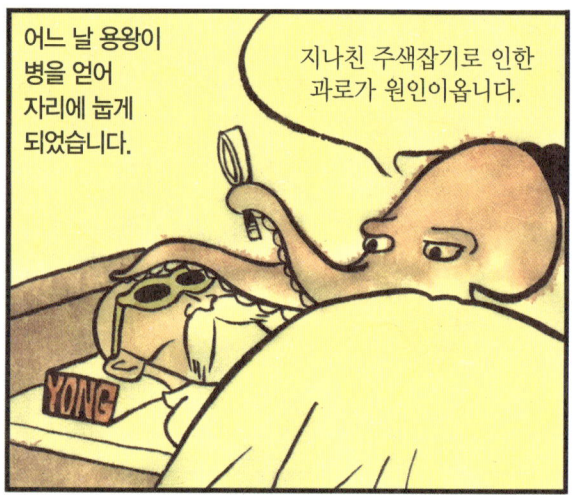

토끼전·끝

토끼전에 대하여

어느 날, 용왕님이 아팠다. 충신 자라는 자신의 수륙양용적 장기를 내세워 육지로 특파된다. 토끼의 간을 얻어오라는 미션을 받고서. 근데 문제는, 간이란 것이 시장에서 100그램에 얼마 이런 식으로 팔지 않는다는 점이다. 그래서 자라는 간 저장소인 토끼까지 데려갈 꾀를 세운다. 마침 토끼는 아주 경박하고 욕심이 많아서 자라의 꼬임에 쉽게 넘어간다. 멀고 먼 용궁, 거기서 토끼는 자기가 죽을 곳에 왔음을 깨닫는다. 하지만 토끼 역시 만만하지 않다. 그에게는 마가린 기름처럼 매끄러운 세 치 혀가 있었다. 토끼는, 자라 따위는 상대가 안 되는 말주변으로 용궁 패밀리 모두를 '나불나불' 속여 넘긴다(물론, 자가사리 한 마리는 끝까지 그 '나불나불'에 넘어가지 않는다. 그러나 원래 소수 의견은 묵살되는 것이 현실 아닌가). 다시 육지로 돌아온 토끼, 자라를 조롱하고 사라진다. 우리의 충신 자라, 자결로써 용왕에 대한 불충을 대신하려 한다. 그때, '짠'하고 나타나는 이가 있었으니 그 이름도 유명한 삼국지의 '화타'라는 닥터였다. 그는 자라의 충성심을 치하하고 용왕의 병을 낫게 할 보약을 무료로 제공한다. 해피엔딩.

우리들 대부분이 알고 있는 〈토끼전〉의 줄거리다. 하지만 우리들 대부분이 모르고 있는 것이 있다. 이 간단한 〈토끼전〉의 줄거리 속에는 서로에게 대립되는 모순적인 주제가 있는 것이다. 이러한 모순적인 이중의 주제는 원래 '판소리계소설'이 갖고 있는 특징이다. 판소리 자체는 평민이 만들고 즐겼던 예술 갈래였다. 헌데 어느 순간부터 양반들도 그것을 즐기기 시작했다. 조선사회의 지배자인 양반님네가 즐긴다. 문학 덤핑층인 평민들 긴장한다. 그래서 판소리계소설에는 두 가지의 주제가 만들어진다. 하나는 양반들도 즐겁게 인정할 수 있는 무척이나 '유교적인' 주제의식이다. 하지만 그 이면에는 또 다른 주제가 숨어 있는데, 바로 평민들의 의식과 소망이 담긴 이면적 주제가 그것이다.

〈토끼전〉 역시 두 가지의 주제가 발견된다. 하나는 자라(별주부)를 중심으로 한 '충절의식'이다. 용왕이란 군주를 위해 먼 길, 시련을 마다 않고 토끼를 데려오기도 하고, 토끼가 도망가자 자신의 목숨을 바쳐 그 죄를 대신하려고도 한다.

하지만 이것이 전부는 아니다. 당연히 〈토끼전〉의 주인공은 토끼다. 토끼를 중심으로 한 주제가 따로 마련되어 있는 것이다. 토끼는 산중의 최약자, 짐승계의 최대 약골이다.

모든 육식동물의 한 끼 식사, 만만한 토끼는 그래서 수탈의 대상인 '평민'을 대표한다. 이 평민대표 토끼를 중심으로 주제를 살피면, 토끼의 잘못을 통해 알게 되는 '헛된 욕심에 대한 경계'(사실 위기는 토끼가 자초한 것이다)가 드러난다. 또, 용궁의 그 대단한 패밀리들이 보이는 폭압적인 태도(토끼의 목숨을 쥐고 흔드는 용왕의 재수 없음)는 양반권력을 대신한 것이 되며, 이때 토끼의 거짓말과 탈출은 '지배권력에 대한 조롱과 풍자'라는 주제의식으로 대신할 수 있다.

겉으로 드러난 주제와 숨겨진 주제가 다르다는 사실은, 숨은 그림찾기처럼 우리를 흥미롭게 한다. 세상은 겉으로 드러난 그대로 판단해서는 안 된다는 진리가 이 판소리계소설에서 다시 한 번 확인된다.

판소리는 본질적으로 사회적 약자인 평민의 것이었다. 양반들은 두 눈 멀쩡히 뜨고도 몰랐지만 사실 그들은 보잘 것 없는 평민들에게 조롱받고 있었던 것이다.

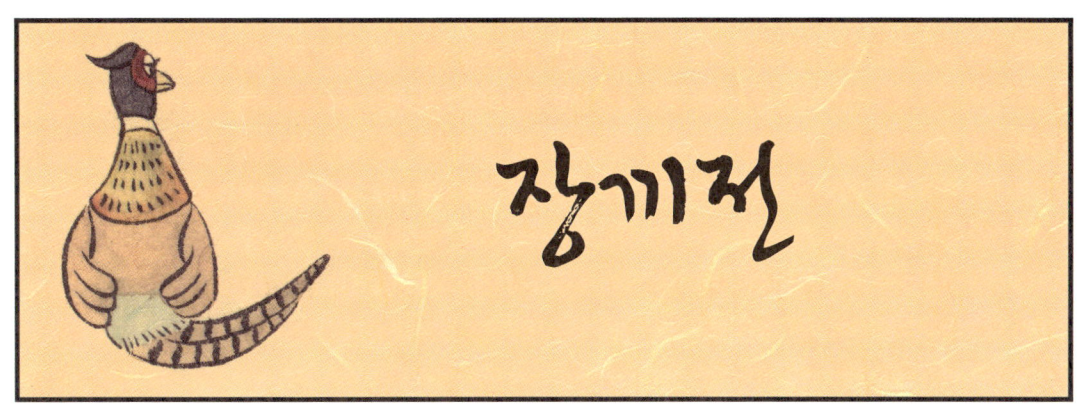

장끼전

조선후기에 이르러 의식이 성장한 민중들은 판소리, 탈춤 등을 통해서 양반이념의 부당성을 비판하기 시작했습니다.

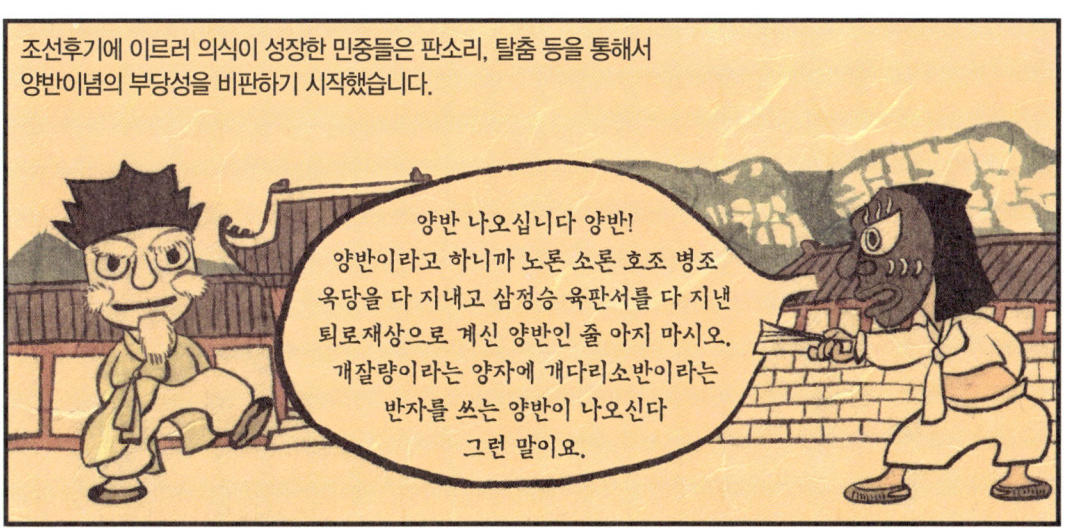

양반 나오십니다 양반! 양반이라고 하니까 노론 소론 호조 병조 옥당을 다 지내고 삼정승 육판서를 다 지낸 퇴로재상으로 계신 양반인 줄 아지 마시오. 개잘량이라는 양자에 개다리소반이라는 반자를 쓰는 양반이 나오신다 그런 말이요.

여성의 지위와 가부장적 이데올로기에 대한 비판도 있었는데 그 대표적인 작품이 바로 〈장끼전〉입니다.

〈장끼전〉과 같은 우화는 주제를 효과적으로 전달하기도 하지만 흥미가 지나쳐 오히려 메시지를 희석시키기도 하는 단점이 있습니다.

이 작품의 교훈은…

킥킥

키득키득

장끼전·끝

장끼전에 대하여

장끼는 수꿩이다. 화려하고 아름다운 깃털을 자랑한다. 까투리는 암꿩이다. 상대적으로 소박한 모습을 지녔다. 〈장끼전〉은 꿩 부부에 관한 이야기다. 알콩달콩한 사랑 이야기보다는 〈사랑과 전쟁〉류의 이혼법정 드라마에 더 가깝다. 이야기 속에서 장끼의 화려한 외모는 사실 경박하고 이기적인 성격을 보조하는데 불과하다. 까투리의 소박한 모습이 오히려 긍정적인 신중함으로 묘사된다.

이야기는, 콩 한 쪽을 집어 먹다 죽게 되는 장끼의 넋두리로 가득 찬 전반부와, 장끼의 장례식을 치르며 여러 새들로부터 청혼을 받게 되는 후반부로 나뉜다.

전반부에서 장끼는 거의 '인간 말종'으로 나온다. 자신의 실수(다른 가족은 주지 않고 혼자 콩을 먹으려는 욕심, 까투리가 그렇게 말렸음에도 듣지 않는 아집)로 덫에 걸렸으면서도 까투리와 운명을 저주한다. 그렇게 욕을 해댔으면서도 뻔뻔하게 까투리에게 재혼하지 말라고, 수절해서 열녀가 되라고 유언을 남긴다. 이건 같은 남자가 봐도 어떻게 변명하지 못할 '나쁜 놈'인 것이다. 아마도 작가는 전반부의 이야기를 통해 정말 비합리적이고 폭압적인 '가부장'의 사회를 욕하고 싶었던 듯하다. 후반부는 까투리를 중심으로 이야기가 전개된다. 장례식장에 찾아온 여러 종류의 새들이 까투리에게 청혼하는 장면은 나름대로 웃긴다. 오리나 부엉이, 까마귀 등이 꿩에게 사랑을 느낀다는 것은 어이가 없다. 아니나 다를까, 까투리는 자연스럽게 그들의 청혼을 거부한다. 여기까지는 장끼의 유언을 지키는 듯이 보인다. 그러나 같은 종류의 수꿩이 찾아오자 까투리는 바로 재혼한다. 뒤도 돌아보지 않는다. 거침없이 청혼 승낙인 것이다. 여기서 작가는 좀더 세부적인 주제의식을 표현하려 했다. 흔히 우리가 '과부'라 부르는 여인들의 문제를 말한 것이다. 그들은 '열녀'라는 미명 아래 자신의 행복과 즐거움을 제한당해야만 했다. 〈장끼전〉은 그 문제를 정면으로 제기한다. '여자도 인간이다. 열녀가 대수냐? 사랑하면 재혼도 가능하다' 뭐, 이런 얘기를 하고 있는 것이다.

〈장끼전〉은 독특하게도 이면적 주제가 없는 유일한 판소리계소설이다. 겉과 속이 모두 같은 토마토 같은 소설인 것이다. 그 토마토의 속과 겉에는, 가부장적 남성우월주의로 똘똘 뭉친 조선사회에 대한 비판과 저항의 정신이 빼곡하게 담겨 있다. 그냥 우스갯거리 우화는 아닌 것이다.

〈토끼전〉, 〈장끼전〉과 함께 읽어도 좋은 작품

〈서동지전〉

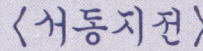

대개의 우화소설은 '풍자성'을 지닌다. '풍자'라는 것은 인간 세계의 부정적인 측면을 익살스럽게 비판하는 것이다. 우화 소설은 사람 아닌 동물들이 나와 이야기를 이끈다. 그렇다고 해서 이것이 '동물의 왕국' 같이 동물 생태계를 이야기하는 것은 아니다. 인간 세계의 부정적인 측면을 동물들의 입과 행동으로 비꼬고 조롱하고 비웃는 것이다. 그런 점에서 토끼전이나 장끼전은 공통점을 갖는다. 토끼전이 지배세력인 양반의 부도덕성에 대한 통렬한 조롱이라면, 장끼전은 남성본위적인 조선 사회에 대한 시원한 어깃장인 것이다. 마찬가지로 서동지전도 당시 사회의 부정적인 측면을 풍자하는 요소가 있다. 서대주를 잡아가기 위해 파견된 오소리와 너구리는 지역의 탐관오리를, 잘못된 행동을 고치지 않는 남편을 비판하고 나가버리는 계집다람쥐의 행동에서는 남성우월주의에 대한 비판이 보이는 것이다. 또 이 소설에는 조선 후기에 비약적으로 성장한 신흥계층(상인)을 서대주라는 인물로 등장시켜 시대 현실을 반영하기도 했다. 서동지전 역시 우화 소설이 갖고 있는 기본적인 특성에 더불어 자신만의 개성을 표출하고 있는 것이다.

줄거리

중국 옹주땅 구궁산 토굴 속에 서대주(鼠大州)라는 쥐가 살고 있었다. 그런데, 서대주는 나라에 큰 공을 세우고 이 일로 황제로부터 벼슬을 제수 받게 된다. 서대주는 잔치를 베풀어 여러 쥐들을 초대한다.

이때 하도산에 다람쥐라는 짐승이 살고 있었는데, 그는 성품이 간악하고 가난한데도 나태하기 때문에 생활이 어려웠다. 다람쥐는 서대주가 잔치를 베푼다는 말을 듣고 찾아간다. 다람쥐는 서대주에게 자기의 딱한 사정을 호소하여 양식을 얻어가지고 돌아온다.

〈토끼전〉, 〈장끼전〉과 함께 읽어도 좋은 작품

　다람쥐 부부는 그것으로 봄을 무사히 지냈으나 겨울이 돌아오니 다시 굶는 신세가 된다. 다람쥐는 다시 서대주에게 가서 구걸하나, 그는 종족의 형편을 들어 거절한다.
　이에 다람쥐는 원한을 품고 아내의 충고도 듣지 않고 곤륜산의 백호산군(白虎山君)에게 거짓으로 소송장을 올린다. 계집다람쥐는 소송을 걸어서는 안 된다고 충고하다가 도리어 남편으로부터 모욕을 당하고는 분한 나머지 집을 나가고 만다.
　백호산군은 서대주를 잡아오게 하여 그의 말을 들어보고 다람쥐가 허위로 고발하였음을 알게 된다. 이에 산군은 허위 고발한 다람쥐를 유배 보내고 서대주는 풀어준다. 마음이 착한 서대주는 다람쥐를 불쌍히 여겨 같이 내보내줄 것을 간청한다. 산군은 서대주의 인후한 덕성에 감동하여 다람쥐를 석방한다. 이에 다람쥐는 자기의 배은망덕한 처사를 반성하고 서대주에게 사과한다. 서대주는 다람쥐를 불쌍히 여겨 황금을 주어 돌려보낸다.

4. 애정소설

한 소년이 있었다. 또 한 소녀가 있었다. 둘이 만나고 사랑했다. 아, 그런데 그녀는, 혹 그이는 배다른 남매! 아니면 둘 중 하나가 불치병에 걸린다. 가장 잦은 종목은 뇌종양이나 백혈병. 둘의 사랑은 시련을 맞고 눈물은 양 볼에 질질 흐른다.

매일 저녁 수백만 가정을 지배하는 멜로드라마의 전형적인 줄거리다. 어찌 보면 뻔한 이야기인데도 불구하고 많은 사람들은 이것에 열광하고 슬퍼하며 감동한다. 단지 오늘만의 이야기가 아니다. 90년대에도 80년대에도 그 이전에도 이 공식은 계속 비슷했다. 이야기를 채우는 소재와 인물의 성격이 조금씩 바뀌었을 뿐 기본 뼈대는 똑같은 것이다.

이유는 간단하다. 사람들은 '사랑 얘기'를 좋아하는 것이다. 특히 비극에 열렬하게 반응한다. 그래서 '애정소설' 역시 그 생명력이 길다. 꼭 그런 것은 아니지만, 많은 소설들이 '사랑'을 다룬다. 인간의 삶에서 '사랑'만큼 중요한 것은 많이 있지만, '사랑'만큼 끌리는 것은 없다. 그래서 작가들은 사랑 얘기를 쓰는 것이다. 그들 자신 역시 끌리고 관심 가기 때문에.

그 옛날에도 사람들은 이 땅에서 사랑했다. 그래서 그들 역시 사랑 얘기를 좋아한다. 많은 설화, 고전소설 속에 그들의 사랑이 담겨 있다. 물론 과거의 그들은 배다른 남매 문제나 불치병으로 고통받지는 않는다. 하지만 그들 역시 가슴 떨리게

만나고 서로를 그리워한다. 사랑의 감정을 참을 수 없어 노래를 부르고 시를 짓는다. 그러다가 둘의 사랑에 시련이 찾아온다. 그것은 때로는 신분 차이, 어떤 때는 전쟁, 또는 운명이 그들을 갈라놓는다. 요즘의 드라마와 다르지만 비슷하다. 그것들은 본질적으로 사랑 얘기이기 때문이다. 사랑하면 겪게 되는 즐거움, 슬픔의 사연은 형식은 달라도 내용은 같은 것이다.

애정소설은 우리에게 사랑의 비밀을 알려 준다. 우리가 겪어봤던, 혹은 겪어보지 못했던 사랑의 진실을 말한다. 한국의 고전애정소설은 우리들 할머니 할아버지의 사랑 얘기다. 할머니가 꼭꼭 숨겨 놓았던 사랑의 추억이다. 믿어지진 않겠지만 〈춘향전〉의 춘향이는 사실 우리들의 할머니다. 그토록 예쁘고 당찬 여인네가 저기 앉아 계신 쪼글쪼글한 우리 할머니라는 말이다. 지금보다는 훨씬 수줍고, 끓여놓고 잊어버린 보리차처럼 미적지근하지만 때에 따라서는 활화산처럼 폭발하는 정열의 여인이었던 것이다.

다르지만 비슷한 고전애정소설 속에서 우리네 할머니와 할아버지들의 숨겨진 사랑의 비밀을 만나보자. 현대를 사는 우리들의 사랑에 은은한 향기를 더해줄 것이다. 불치병 얘기는 잠시 접어두고…

심생전

여러분은 모두 〈신데렐라〉 이야기를 알고 있을 겁니다. 가난한 신데렐라와 잘생긴 왕자님의 사랑은 현대의 많은 작품에서도 활용되고 있습니다.

시대를 불문하고 그런 얘기가 인기있는 까닭은, 대부분의 사람들이 신데렐라처럼 소수 상류 계층과의 사랑을 통해 신분상승을 소망했기 때문이 아닐까요?

애기야, 가자.

우리 문학에서는 〈춘향전〉이 바로 그런 대표적인 예라고 할 수 있습니다. 그러나 사람들이 많이 원하면 원할수록 신분상승은 어려울 수밖에 없습니다.

도련님!

여기 〈심생전〉이 그 어려움을 잘 말해주는 작품입니다. 조선 시대라는 신분제사회의 현실은 신데렐라를 외면합니다.

그러나 이 이야기를 읽은 독자가 과연 그런 교훈을 얻어낼까요?
조선 시대라는 사회적 특수성이 〈심생전〉으로부터 엉뚱한 교훈을
만들어낸 것입니다. 〈심생전〉에서 우리가 발견할 수 있는 주제는
'신분의 차이로 인한 비극적 사랑'이라든가
'남자의 무책임한 사랑 비판' 등이
더 자연스러울 것 같습니다.

심생전·끝

심생전에 대하여

"작품은 작가의 자식과 같다"
 맞는 말이다. 작품 속의 내용들은 대부분 작가가 생각하고 소화한 것들이다. 그래서 작가의 모습을 많이 닮을 수밖에 없다. 하지만 또 이런 말도 있다.
 "자식 이기는 부모 없다"
 품 안에 기를 때만 자기 통제에 둘 수 있지, 자식이 머리가 커지면 부모 맘대로 되지 않음을 이르는 말이다. 즉, 아무리 작품이 작가를 많이 닮았다 하더라도, 작품 자체가 갖고 있는 독립적인 성격은 작가의 의도와 다르게 나타날 수도 있다는 것이다.
 이옥의 〈심생전〉은 아주 매력적이고 흥미로운 줄거리를 갖고 있다. 첫눈에 반한 남녀가 억압적인 시대 분위기와는 다르게 자신의 사랑을 불태운다는 이야기다. 그러나 소설의 마지막 부분에서 서술자는 이것이 실제 있었던 사실이며(여기서 서술자는 이옥 자신이 된다) 자유롭게 연애하는 풍류낭자의 일을 본받게 하려는 것이 아니라 '사람이 모든 일에 대하여 진실로 얻어야겠다고 마음먹으면 못할 일이 없음을 일깨워 주려고 들려준 것'이라는 교훈성을 내세우고 있다. 그러나 누가 이런 이야기에서 저런 교훈을 찾아내겠는가? 아무리 작가(이옥)가 의도한 것이 있더라도 결국 그것을 읽고 의미를 해석하는 것은 '독자'일 뿐이다.
 〈심생전〉은 신분의 장벽을 넘어선 비극적 사랑으로 독자에게 어필하는 소설이다. 동시에 이제까지의 고전소설에서는 보기 힘든 개성적인 여주인공의 등장이 눈에 띤다. 중인 계층의 외동딸로 보이는 '처녀'는 아주 적극적이면서도 능동적으로 사랑을 컨트롤한다. 사랑의 뜨거움에 불타는 심생을 지혜롭게 내쫓는가 하면, 부모의 허락 없이도 자신의 사랑을 선택해 누구보다 뜨겁게 열정을 불태운다. 기존의 염정소설과는 다른 방식의 인물 설정으로 작품의 가치를 더한 것이다.
 그러나 또 모를 일이다. 또 다른 의미와 해석이 〈심생전〉에서 나올 수도 있다. 그렇게 되면, 위에서 주절거린 말들도, 이옥의 엉뚱한 의도처럼 저 하늘로 날아가 버릴 것이다.
 결국, 새로운 해석의 몫은 언제나 창의적인 독자의 것이다.

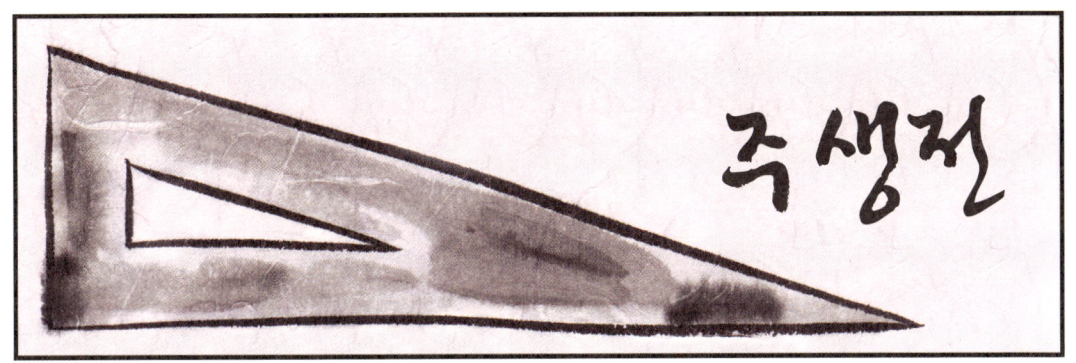

우리 고전에는 많은 연애담이 있는데 그런 것을 가리켜 염정소설이라고도 하죠. 대표적인 것이 〈춘향전〉 같은 것입니다.

대부분의 염정소설들이 비현실적인데 반해 여기 〈주생전〉은 무척이나 현실적인 사랑의 삼각관계를 다루고 있습니다.

우리는 〈주생전〉에서 인간이 본래 갖고있는 강한 감정들을 발견할 수 있습니다. 사랑의 변심, 질투와 시기, 책임감과 충동 등이 바로 그것입니다.

또한 〈주생전〉은 조선 시대에도 단지 절개와 일편단심만이 있었던 것이 아니라 보다 유동적이고 현실적인 사랑의 단면이 있었음을 보여줍니다.

주생전·끝

주생전에 대하여

우리는 수많은 연애소설을 읽어왔다. 그 중에서도 고전염정소설들 중 하나를 떠올리라면 자연스럽게 〈춘향전〉을 얘기할 것이다. 그리고 춘향이의 이미지는 고전의 연애 주인공에 그치지 않고 우리의 현대문학에서 끝없이 재생되고 차용되었다. 춘향이의 이미지를 떠올려 보라. 한 남자를 사랑하고 그 사랑을 위해 목숨을 바치는 여자의 모습이 그려진다. 당연하다. 〈춘향전〉은 '성춘향'을 중심으로 사건을 전개하고 주제를 표출한다. 그렇다면, 생각의 초점을 바꿔보자. 이몽룡은 어떠한가? 이몽룡은 춘향의 남자 파트너다. 그런데 그 성격이 한 손에 잡히지 않는다. 처음의 만남에서는 여자를 밝히는 호색한 소년 정도이고, 춘향과 이별할 때는 부모를 무서워하는 무기력한 온실 속 화초다. 장원급제를 하고 암행어사가 되어 남원 고을에 다시 찾아 왔을 때는 어떠한가? 갑자기 이몽룡은 음흉하고 철두철미한 양반관리가 되어 나타난다. 그토록 고통받는 춘향 앞에서도 자신의 신분을 밝히지 않는다(최소한의 내면적 갈등조차 없다). 그리고 암행어사 출두 후, 춘향 앞에 선 몽룡은 잔인한 '가부장'의 모습이다. 녹초가 된 춘향에게 마지막 시험 문제를 낸다. "이번에도 수청을 거부할 테냐?"라고…

〈주생전〉은 사실적인 연애소설이다. 벼슬과 권력에 대한 욕구를 버린 주생이 여행하다가 어릴 때의 벗인 기생 '배도'를 만나고 사랑하다가 다시 선화에게 마음을 빼앗긴다는 얘기다. 사랑의 삼각관계야 텔레비전의 멜로드라마 속에서 지겹게 봐 온 설정이다. 그런데 주의할 점은, 이 소설의 초점이 '주생'에게 맞춰져 있다는 사실이다. 하나의 대상에 하나의 사랑이 아니라, 움직이고 변화하는 사랑을 묘사하고 있다. 〈주생전〉의 미덕은 바로 여기에 있다. 현실의 우리들은 시시각각으로 변하는 마음을 갖고 있다. 주생은 바로 우리의 그런 마음을 리얼하게 표현해주는 인물인 것이다. 이몽룡의 이미지가 모호했던 것은, 춘향이의 강렬한 사랑 탓이 아니다. 겉으로는 의리와 사랑을 얘기하지만 속으로는 다른, 변화되고 잔인한 가부장의 위선을 보이고 있기 때문이다. 하지만 최소한 주생은 그렇지 않다. 사랑의 변화가 스스로에게 해가 됨에도 불구하고 그는 솔직하게 사랑에 몸을 맡기는 낭만주의자다. 비록 이기적인 남자의 변심으로 기생 배도의 삶은 비극적으로 끝나지만, 이것이 오히려 현실에 더 가깝다. 〈춘향전〉의 결말은 우리가 바라는 이상일 수는 있어도 현실이 될 수는 없는 것이다.

우리는 〈주생전〉을 통해 지극히 이기적이고 현실적인 사랑을 만나게 된다. 그것 역시 인간의 모습이고 문학은 바로 그런 것을 얘기한다.

〈심생전〉, 〈주생전〉과 함께 읽어도 좋은 작품

〈최랑전〉

신분의 차이를 극복하고 사랑을 완성하는 소설은 춘향전이 대표적이고, 그 차이 때문에 비극적 결말을 맞이하는 것은 운영전이 대표적이다. 운영은 군왕의 소유인 궁녀로, 외부인과 사랑을 할 수 없는 신분이었다. 심생전의 처녀 역시 중인의 딸이었다. 그래서 사랑을 약속한, 양반 남자에게 혼례를 강제하지 못한다. 주생전의 배도 역시 한때 사랑을 약속했지만 변심한 주생과 맺어지지 못한다. 그녀 역시 기생이라는 신분이 행동을 제한한 것이다. 최랑전에서도 신분적 차이가 드러난다. 최랑의 할머니가 노비 출신이라 최랑 역시 천한 신분이 된 것이다. 그러나 최랑전에서는 위의 작품들과 다른 점이 보인다. 최랑의 사랑은 큰 장애가 없는 것이다. 많은 이들이 최랑에게 관심을 보이지만 최랑의 모친과 최랑은 꿋꿋이 거부한다. 그리고 이여택이라는, 최랑을 진실로 사랑해줄 수 있는 인물을 만나 결혼한다. 혼례가 사랑의 완성이라면, 이미 사랑이 완성된 것이다. 그러나 최랑의 비극은 결혼 이후부터 시작된다. 운명의 장난으로 인한 이별과 엇갈림, 그리고 최랑의 죽음이 이어진다. 두 사람의 사랑이 발전하는 과정이 없고, 두 사람의 사랑을 방해하는 연적이 없다는 것 등의, 이야기를 이끌어가는 긴장감이 부족하다는 점은 이 작품의 약점이라고 할 수 있다.

• 줄거리

계림(雞林) 땅의 최랑(崔娘)은 일찍이 편모 슬하에서 자란다. 마을의 유지 몇몇이 그녀를 첩으로 삼겠다고 나서지만 어머니는 아랑곳하지 않는다. 최랑의 나이 13세에 이미 재색이 드

〈심생전〉, 〈주생전〉과 함께 읽어도 좋은 작품

러나 인근의 칭찬이 자자했으나, 본시 천적(賤籍)에 속했던지라 다른 천인들 틈에 끼여 관청에서 복역하였다. 그 때 관아의 한 관리가 그녀를 아깝게 여겨 곡강태수(曲江太守) 이여택(李汝澤)을 만나게 하였다. 이여택은 그녀의 재색에 감동하고 혼례를 치르게 된다. 최랑은 내직에 발령받은 태수와 일 년을 기한으로 이별을 한다. 그러나 두 해나 넘어서야 겨우 안주통판관(安州通判官)이 된 이여택을 어렵게 만나게 된다. 그 무렵 통판관인 이여택은 횡포한 관리 둘을 지나치게 다스려 죽이게 된다. 통판관은 그 가족들의 보복을 간신히 피할 수 있었지만 오히려 최낭자가 모진 매를 맞게 되었다. 이후에 그녀는 이여택이 있는 경성까지 겨우 도착했으나, 결국 이여택의 품안에서 죽게 된다.

나 태어난 이 강산에 군인이 되어
꽃 피고 눈 내리기 어언 삼십 년
무엇을 하였느냐 무엇을 바라느냐
나 죽어 이 흙 속에 묻히면 그만이지
아 다시 못을 흘러간 내 청춘
푸른 옷에 실려간 꽃다운 이 내 청춘

먼저 판소리의 특징을 하나 알고 갑시다. 〈춘향전〉이나 〈춘향가〉 원문에 공통적으로 등장하는 서술태도가 있습니다.

도련님 치레 보소.
신수 고운 얼굴, 분세수 정히 하고,
감태 같은 채머리 해남을 많이 발러 반달 같은 용려리로
설설 흘려비껴 궁초댕기 석황물려 맵시있게 잡아매고,
보라수주 잔누비 돌징 육사단 겹배자 밀화단추 달아입고…
청사도포 몸에 맞게 지어입고, 은죽산 부산 대 별간죽 길게 맞춰
삼동초 꿀물 맞게 추겨 천은설합에 가득 넣어 자주녹비 끈을 달아
방자놈게 채운 후에 나귀 등에 섭적 올라
홍선으로 일광을 떡 가리고
맹호연 본을 받어
호호달랑 호호달랑.

〈춘향전〉에서는 인물의 자질구레한 부분이 굉장히 자세하게 묘사됩니다. 이것이 바로 판소리의 서술 상 특징 중 하나입니다. 감정이나 사건과 관련없는 주변에 대한 묘사는, 인물과 상황에 대한 구체적인 영상을 제공하며 현실감을 얻게 만들죠.

또 이러한 묘사는, 사건전개에 대한 몰입을 막으며 사건과 인물에 거리를 두고 볼 수 있는 여유를 제공한다고 할 수 있겠습니다.

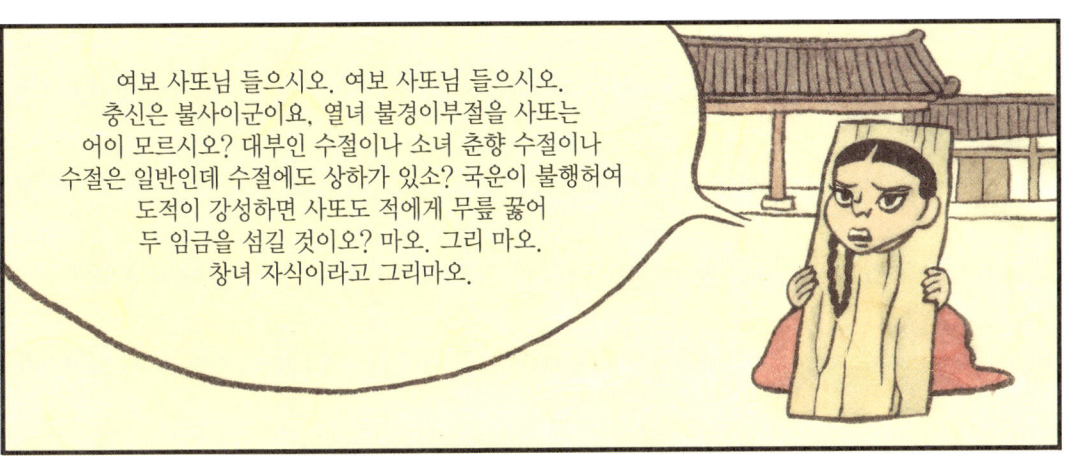

여보 사또님 들으시오. 여보 사또님 들으시오. 충신은 불사이군이요, 열녀 불경이부절을 사또는 어이 모르시오? 대부인 수절이나 소녀 춘향 수절이나 수절은 일반인데 수절에도 상하가 있소? 국운이 불행허여 도적이 강성하면 사또도 적에게 무릎 꿇어 두 임금을 섬길 것이오? 마오. 그리 마오. 창녀 자식이라고 그리마오.

춘향과 변 사또의 문답에서 〈춘향전〉의 이면적 주제가 드러나기 시작합니다. 겉으로야 유교적인 열녀사상을 내세웠지만, 춘향의 대답 속에는 신분을 넘어선 고고한 인간성에 대한 믿음이 있습니다.

한 인간으로서의 사랑과 그 권리에는 신분의 차이가 없다는 것이지요. 그리고 이것은 당대를 살아가는 하층 민중의 진정어린 마음이었을 것입니다.

한편 이몽룡은 한양에서 과거시험에 장원급제를 하게 됩니다.

전라도 암행어사가 된 이몽룡은 거지꼴로 변장한 후 남원으로 민정순찰을 떠납니다.

이보게 밭 가는 농부, 이 고을 사또 정치는 어떠한고?

춘향전·끝

춘향전에 대하여

대한민국에서 '성춘향'은 최고의 지명도를 자랑하는 슈퍼스타다. 춘향이의 이미지로 가장 먼저 떠오르는 것은 '열녀'의 모습이다. 사랑에 대한 의리, 지조, 절개는 춘향이의 가장 대표적인 성격이다. 그러나 그것만으로는 세대를 뛰어 넘는 스타가 되기에 부족함이 있다.

인기의 비결 첫 번째는 춘향의 독특한 성격에 있다. 이 도령과 춘향의 이별 장면에서, 우리는 흔히 말없이 고이 보내는 전통 여인상을 생각하지만 실제로 그렇지 않다. 춘향이는 이 도령보다 훨씬 계획적이고 합리적이다. 이별의 상황에서 나름대로의 계획을 세워 이 도령에게 말한다. 이를테면, 이 도령 먼저 올라가라. 나중에 따라 올라가겠다. 시간을 봐서 이 도령 부모님의 허락을 받아 첩실로라도 받아달라. 이런 식이다. 그럼에도 이별하게 되는 것은, 이 도령의 무능력, 혹은 양반의 체면차림 때문이다. 이 도령의 미적지근한 태도에 춘향은 또 다른 성격을 보인다. 이별을 맞이한 청순가련형의 눈물이 아니라, 콧구멍을 벌렁거리며 센 숨을 몰아쉬고 자기 머리를 쥐어뜯는다. 여기서 춘향의 숨어 있는 열정, 혹은 에너지를 엿볼 수 있다.

〈춘향전〉 인기의 또 하나의 비밀은 숨은 주제의식에도 있다. 겉으로야 양반들 입맛에 맞는 '열녀', '불사이군', '불경이부'의 사상을 펼쳐 보인다. 그러나 춘향을 억압하고 그녀의 사랑을 빼앗으려는 것도 양반이다. 변 사또가 춘향을 억압할 수 있는 근거는 춘향의 신분을 통해서다. 춘향의 엄마가 기생이라서, 춘향은 원하지 않았는데도 이미 기생 명부에 올라 있었다. '관기'는 하나의 인격체라기보다는 관의 소유물이었다. 하지만 춘향은 자신의 신분에 체념하지 않는다. 한 인간으로서 한 사람을 사랑하고 그 사랑의 권리를 주장한다. 춘향이가 보여주는 지조와 절개는 결과적으로 신분제도에 대한 저항이라고 할 수 있다. 내 남자 내가 선택하겠다는데, 신분이 웬 말이냐 이거다. 이것은 하층 계급의 여성들에게 폭발적인 감정이입과 카타르시스를 제공했다. 자신들이 하고 싶은 말을 춘향이가 대신 양반에게, 남자에게, 지배권력에게 해준 것이다.

〈춘향전〉 인기의 비결이 또 다른 어딘가에 숨어 있을지도 모른다. 하지만 나머지는 여러분의 몫이다. 고전의 참다운 재미는 숨겨진 가치의 발견에도 있는 것이다.

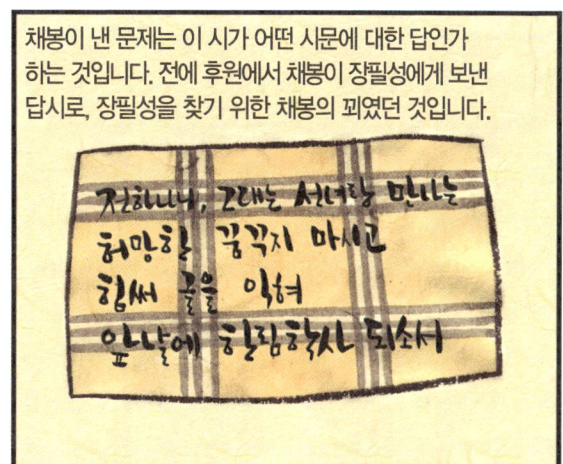

채봉감별곡·끝

채봉감별곡에 대하여

〈채봉감별곡〉의 주인공은 '채봉'이란 여성이다. 춘향이나 심청이 보다는 낯선 이름이다. 하지만 채봉은 어느 작품의 주인공 못지않은 강한 성격을 지닌 인물이다. 채봉은 수동적으로 운명을 받아들이지 않고 적극적으로 자신의 인생을 개척한다. 따지고 보면, 고전소설에 그런 인물이 한둘이 아니지만 채봉의 경우는 조금 더 인상적이다.

효도의 관념이 지배하는 조선사회, 속물적인 부모가 있었다. 그들은 자신의 안위를 위해 결혼 약속도 저버리고 딸을 재상의 첩으로 보내려 한다. 보통의 경우라면, 딸은 흑흑 울며 자신의 운명을 저주했을 것이고, 그냥 재상에게 시집가거나 좀 심한 경우엔 자살을 시도했을지도 모른다. 그러나 채봉은 일단 부모의 명을 거부하고, 그것이 받아들여지지 않자 집을 나와 숨어 버린다. 강도를 만나 재상에게 줄 뇌물을 모두 잃은 채봉의 아빠가, 부도덕한 재상에 의해 오히려 감옥에 갇히게 되는 사건이 발생한다. 뒤늦게 이 사실을 알게 된 채봉은, 두 번째 독특한 결단을 내린다. 재상의 첩으로 가지 않고 스스로 선택하여 기생이 되는 것이다. 뭐, 술집에 나갈 수도 있는 것 아냐 라고 생각하면 안 된다. 양반집 자녀인 채봉이 기생이 되기로 하는 것은 우리 고전소설에서 흔한 일이 아니다. 차라리 심청이처럼 제물로 몸을 팔면 팔았지, 술 따르고 웃음을 파는 기생이 되는 일은 거의 없는 것이다.

〈채봉감별곡〉은 인물의 설정만이 아니라, 사건의 진행 방식도 대단히 현실적이다. 우연적인 만남을 통해 사건을 전개하지 않는다. 거의 모든 사건은 인물의 의지와 현실적인 노력으로 이루어진다. 채봉과 그녀의 사랑인 장필성이 다시 만날 수 있는 것은 하늘의 도움이나 운명 때문이 아니라 그들의 노력 덕분이라는 얘기다. 이것은 그전까지의 고전소설과는 또 다른 측면이다. 우리의 현실을 좀더 사실적으로 반영하는 새로운 소설의 형태가 시작된 것이다.

〈춘향전〉, 〈채봉감별곡〉과 함께 읽어도 좋은 작품

〈옥단춘전〉

춘향전이나 채봉감별곡에서 사건을 이끄는 중요한 장치는 '기생'이라는 신분이다. 기생이라서 춘향은 핍박받고, 기생이라서 채봉은 사랑하는 이와 이별할 수밖에 없다. 춘향이는 타고난 신분이었고 채봉은 아버지를 구하기 위해 선택한다는 점이 다르긴 하지만 이처럼 '기생'이란 신분은 두 작품을 이끄는 중요한 기능을 한다. 옥단춘전에서도 옥단춘은 기생 신분이다. 그리고 그녀는 이혈룡을 도와 그의 부인이 된다. 하지만 위의 두 작품과는 다르게, 옥단춘전에서는 '기생'이란 신분이 큰 역할을 하지 않는다. 옥단춘은 특별히 기생 신분 때문에 억압받지도 않고, 기생 신분을 스스로 선택한 것도 아니다. 그녀는 단지 이혈룡의 잠재력을 알아보고 그를 돕는다. 작품 속에서 그녀는 충실한 조력자로서 남자의 성공을 이끄는 존재로 등장한다. 만약 이런 부분에 초점을 두고 작품을 감상한다면, 오히려 설화 속의 평강공주와 흡사하다고 말할 수 있다. 평강공주 역시 남자의 잠재력을 이끌어 내는 인물이라는 공통점이 있다. 하지만 평강은 공주라는 고귀한 신분이고, 옥단춘은 기생이라는 천한 신분이라는 차이점이 있다.

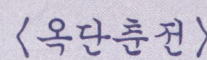

•줄거리

조선 숙종 때, 김정과 이정은 각각 같은 나이의 진희(眞喜)와 혈룡(血龍)이라는 아들을 두었다. 진희와 혈룡은 같이 공부하며 우정이 두터워져 장차 서로 돕고 살기로 약속한다. 그 뒤 김진희는 과거에 급제하여 평안감사가 되었으나, 이혈룡은 과거를 보지 못하고 노모와 처자를 데리고 가난하고 쓸쓸하게 살아간다. 그러던 중 이혈룡은 평양감사가 된 친구를 찾아가지만 만나지 못하고 걸식을 하다가, 하루는 연광정(鍊光亭)에서 평양감사가 잔치를 한다는 말을 듣고 다시 찾아 간다. 그러나 김진희는 이혈룡을 박대하면서, 사공을 불러 그를 죽이라고까지 한다. 이때, 옥단춘이라는 기생이 이혈룡의 비범함을 알아보

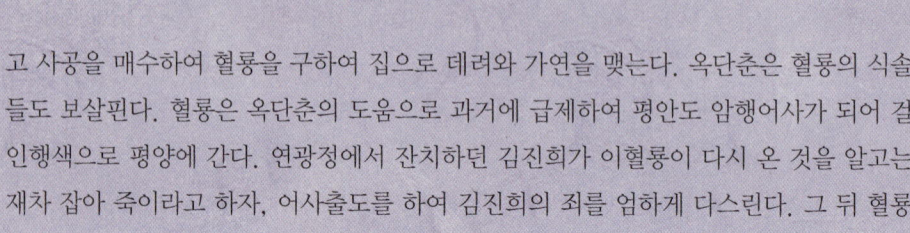
〈춘향전〉,〈채봉감별곡〉과 함께 읽어도 좋은 작품

고 사공을 매수하여 혈룡을 구하여 집으로 데려와 가연을 맺는다. 옥단춘은 혈룡의 식솔들도 보살핀다. 혈룡은 옥단춘의 도움으로 과거에 급제하여 평안도 암행어사가 되어 걸인행색으로 평양에 간다. 연광정에서 잔치하던 김진희가 이혈룡이 다시 온 것을 알고는 재차 잡아 죽이라고 하자, 어사출도를 하여 김진희의 죄를 엄하게 다스린다. 그 뒤 혈룡은 우의정에 올라 옥단춘과 행복한 삶을 산다.

5. 가정가문소설

우리 말 습관에는 여러 가지 독특한 점이 있다. 그 중 하나가 '우리'라는 말을 자주 붙인다는 것이다. "우리 집에는…", "우리 아빠는…", "우리 와이프는…" 등등. 말하는 상황, 말을 듣는 사람과 상관없이 말하는 대상을 공유한다. 사실, '아빠'면 '나'의 아빠일 뿐이다. 내 말을 듣는 그 애가 나와 형제일 리는 없지 않은가.

공부 좀 한 분들은 이 현상에 대해, 과거 농촌 공동체 생활을 했던 선조들의 생활 스타일에서 그 이유를 찾기도 한다. '나'보다는 '우리'가 우선해야 그 힘든 모내기도 피뽑기도 할 수 있는 것이다. 그래서 우리나라 사람들은 집단이나 조직을, 또 사회와 민족을 중시하는 경향이 있다. 단수인 개인보다는 복수인 집단을 우선시하는 것이다.

그 복수 집단의 기본 단위가 바로 '가족'이다. 어느 나라, 어느 사회에서나 가족은 소중한 것이지만 우리나라에서 가족은 더욱 특별하다. 일단 가족의 숫자가 집안의 농사일을 할 수 있는 노동력을 말해준다. 가족을 통해서 경제적 기반이 마련되고 생활이 유지되는 것이다. 거기에 더해 우리사회가 받아들인 유교 역시 '가족주의'를 지지한다. 유학의 가장 기본 되는 개념 중 하나가 바로 '효'다. '효'는 바로 가족 간의 윤리가 아니던가. 자식이 부모를 섬기는 질서는 효과적으로 농촌공동체 팀워크를 유지시켰다. 농민이 아닌 양반이라면, 가족(가문)은 더욱 중요해진다. 천한 것들과는 함께 할 수 없는 차별화의 근거가 바

로 '족보'다. 양반은 이 족보를 성경처럼 따르며 중시했다. 돌아가신 부모는 조상 '신'이 되고 가족을 보호한다. 꼭 양반이 아니래도 조상이 가족을 지켜준다는데 평민들도 가만 있을 수 없다. 여건만 된다면 철마다 제사를 지내고 차례를 지낸다. 아무리 돈 벌려고 집을 떠나 있어도 때가 되면 민족의 대이동이 일어나는 이유가 바로 거기에 있다.

  '가족'은 한국인에게 특별하다. 그래서 가정과 가문을 다루는 고전소설은 중요하다. 지금도 여전히 큰 힘을 발휘하는 '가족'을 얘기하기 때문이다. 물론, 현대의 가정은 옛날과는 많이 달라졌다. 개인주의의 확산이나 핵가족화를 통해 '가족'의 해체를 경험하는 중이다. 하지만 한국인의 생각, 문화, 언어 속에는 계속해서 '가족주의'가 남아 있다. 한국적 특징을 이해하기 위해서 우리는 한국의 가정소설을 읽어봐야 한다. 거기에는 우리가 지켜야 하는 가족의 윤리, 가족 간의 갈등과 대립, 가족의 가치 등이 담겨 있다. 그것을 통해 우리는, 잘 사라지지 않는 청국장 냄새처럼 한국인의 영혼에 배어 있는 한국적 특징들을 알게 된다. 마이클이나 스즈끼, 앙리나 곤잘레스가 알 수 없는 것이 그 안에 담겨 있다.

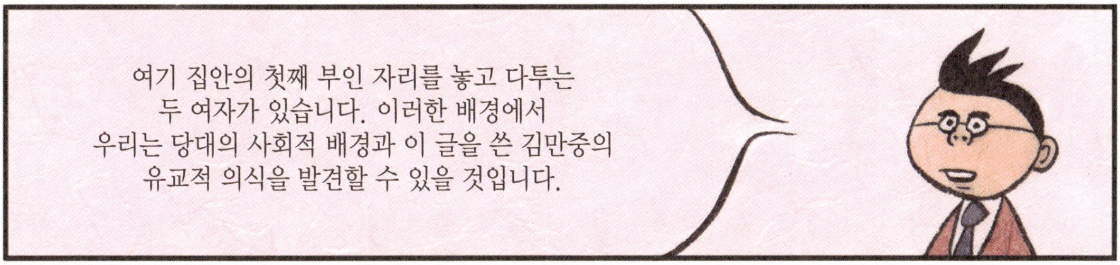

여기 집안의 첫째 부인 자리를 놓고 다투는 두 여자가 있습니다. 이러한 배경에서 우리는 당대의 사회적 배경과 이 글을 쓴 김만중의 유교적 의식을 발견할 수 있을 것입니다.

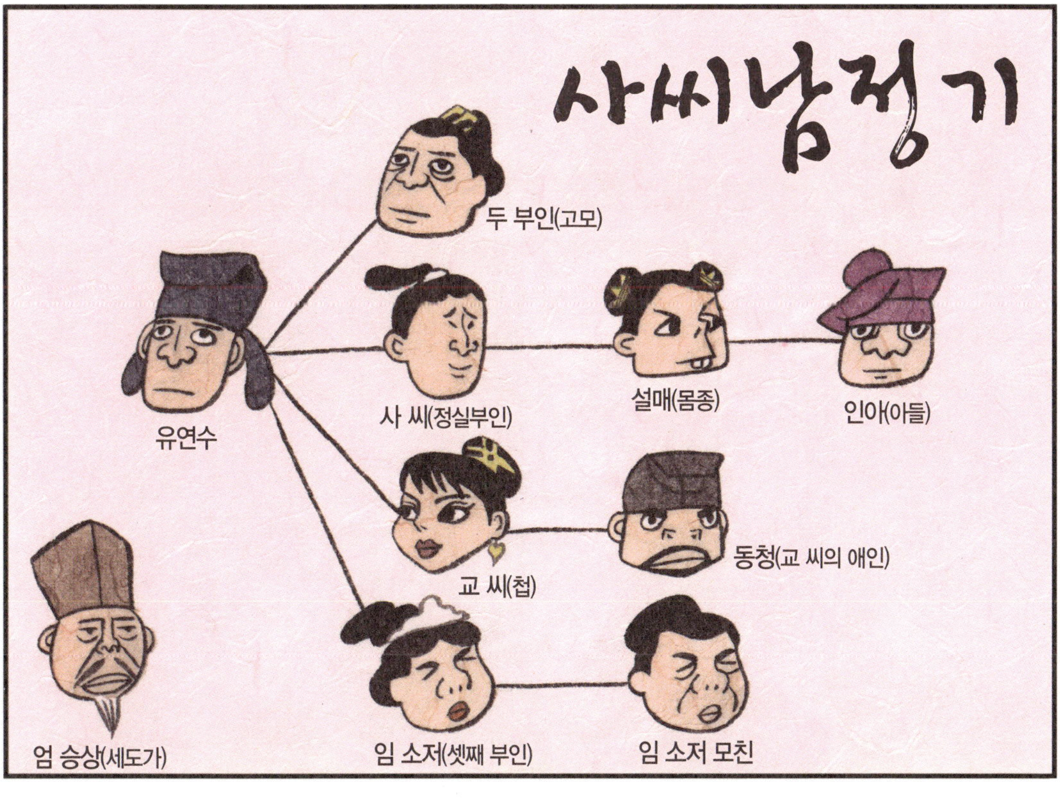

사씨남정기

- 두 부인(고모)
- 유연수
- 사 씨(정실부인)
- 설매(몸종)
- 인아(아들)
- 교 씨(첩)
- 동청(교 씨의 애인)
- 엄 승상(세도가)
- 임 소저(셋째 부인)
- 임 소저 모친

사씨남정기·끝

사씨남정기에 대하여

우리나라는 유교국가였다. 지금이야 그렇게 강하진 않지만, 여전히 유교적인 사고와 관습이 남아 있다. 남성우월주의와 장손에 대한 집착은 아직도 위력을 발휘하고, 여성이 직장을 얻는 것에는 비뚤어진 시선이 느껴진다. 우리나라 사람들의 남성우월주의와 아들에 대한 집착은 뿌리가 깊고, 〈사씨남정기〉는 그 뿌리의 단면을 보여준다.

〈사씨남정기〉의 사 씨는 말 그대로 '현모양처'다. 조선 시대 남자들의 입맛에 딱 맞는 모범적인 여성상이란 얘기다. 그러나 악인 교 씨와 남편의 어리석음으로 사 씨는 고난에 처하게 된다. 교 씨의 음모는 사 씨가 아들을 낳는 데서부터 시작된다. 아들을 낳지 못하는 사 씨 대신에 들어온 교 씨는 바람대로 아들을 낳았으나, 예상과 달리 사 씨까지 아들을 낳게 된 것이다. 첫째 부인의 첫아들이 장손이 되는 것은 당연한 일. 교 씨는 의심을 피하기 위해 자신의 아이를 먼저 죽이고 사 씨에게 독살의 누명을 뒤집어씌운다. 사 씨는 유 씨 가문에서 쫓겨나고 교 씨가 첫째 부인이 된다.

〈사씨남정기〉는 여성 간의 암투와 권력투쟁을 그린 이야기다. 그러나 가만히 살펴보면, 그것은 남자들의 애정이나 인정을 바탕으로 한 수동적인 것이다. 권력의 핵심은 아들을 낳아주는 것에 있다. 낳지 못하거나 딸을 낳으면 권력을 잃는다. 그래서 자식을 둘러싸고 얽히고설킨 싸움을 벌이는 것이다. 여성들이 주인공이고 남자를 움직이게 하는 근본 동기 역시 여자들이 제공하지만, 사건을 발전시키고 결정하는 것은 남자의 선택이다. 사 씨를 내쫓고 교 씨를 처단하는 것 역시 남편 유한림의 결정이었다.

우리는 이 작품을 통해 여자들의 한 판 대결을 볼 수 있다(남자들 싸움과는 다르게 선이 얇고 섬세해서 색다른 재미가 있을 수 있다. 티비 드라마 〈여인천하〉가 그러지 않았던가?). 거기에서 더 나아가 우리는 여자들 대결의 한계와 범위를 알 수 있다. 여자들이 아무리 열심히 싸워도 세계는 변하지 않는다. 가끔 남자들이 그 싸움에 영향을 받기도 하지만 그것은 '찻잔 속의 태풍'에 불과하고 세상은 여전히 남자들의 손 안에 있는 것이다.

권선징악의 전형적인 주제를 떠나, 〈사씨남정기〉는 우리 사고의 한 뿌리와 당대 사회의 풍속을 매우 자세하게 보여주고 있다. 그것만으로도 이 작품은 훌륭한 정보의 보고이다. 섬세하고도 치밀한 갈등의 형상화는 이 소설을 읽는 자의 즐거운 덤이다.

창선감의록

고전소설은 권선징악의 주제가 많았습니다. 그럼 여기서 '선(善)'이란 무엇인가요?

당대의 지배사상인 유교의 도덕원리, 즉 '충'과 '효'가 바로 '선'이었지요.

〈창선감의록〉 역시 이러한 관념을 독자에게 설파합니다. 그래서 때로는 주인공들의 행동이 낯설고 답답하게 느껴질 수도 있겠습니다.

당장 나가!

분부대로 하겠습니다.

그러나 그러한 행동양식과 사고가 아직도 한국인의 마음속에 남아있는 것이 사실이라면, 우리는 이 소설을 통해 한국인과 한국사회를 조금 더 이해할 수 있게 될 것입니다.

일 고따구로 할 거냐?

당장 나가겠습니다.

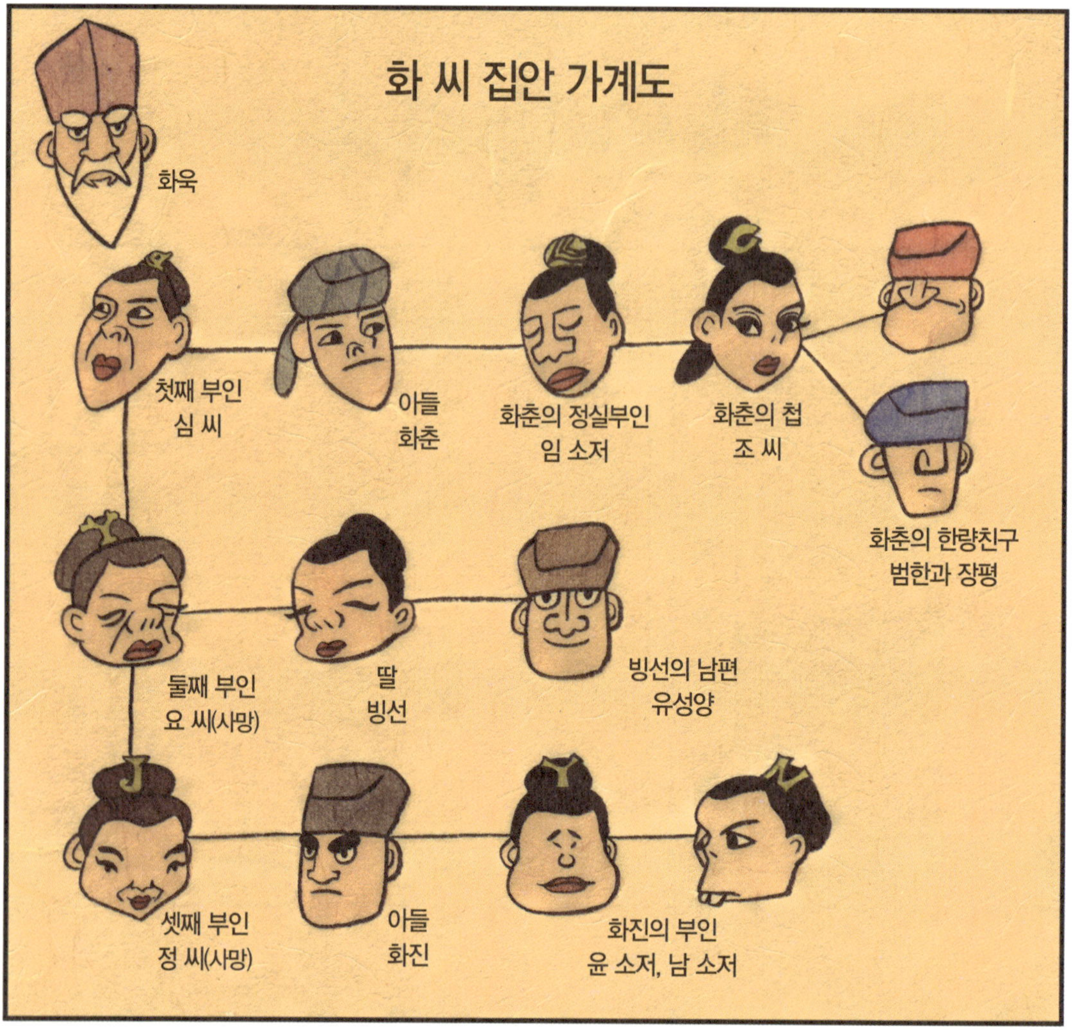

화 씨 집안 가계도

- 화욱
  - 첫째 부인 심 씨 — 아들 화춘 — 화춘의 정실부인 임 소저 / 화춘의 첩 조 씨 — 화춘의 한량친구 범한과 장평
  - 둘째 부인 요 씨(사망) — 딸 빙선 — 빙선의 남편 유성양
  - 셋째 부인 정 씨(사망) — 아들 화진 — 화진의 부인 윤 소저, 남 소저

화춘의 동생, 화진은 주인공답게 착하고 똑똑하고 잘 생겼습니다.

첫째 아들 화춘은 마음이 좁고 머리가 나빠 아버지 화욱의 애정을 받지 못했고, 그로 인해 심 씨와 화춘은 화진에게 원한을 갖게 됩니다.

"성적이 이래가지고 서울에 있는 대학에 갈 수 있겠냐? 화진 좀 본받아라. 모의평가 언수외탐이 모두 1등급이지 않느냐!"

임진왜란과 병자호란으로 피폐화되고 혼란스러웠던 16~17세기의 조선사회에서 지배계급이었던 양반귀족들은 좀더 강력한 규율과 질서를 원했던 것입니다. 이 작품 역시 그런 연장선상에서 만들어지게 된 거죠.

에라 이 양반아!

하지만 이런 교훈적이고 계몽적인 보수성에도 불구하고 〈창선감의록〉의 문학적 가치는 반감되지 않습니다.

〈창선감의록〉의 첫 번째 문학적 가치는 앞에서도 밝혔던 한국인의 유교적 혈연주의의 일단을 효과적으로 보여주는 작품이라는 점입니다.

그리고 두 번째 문학적 가치는 규방에서의 갈등을 주요 사건으로 다루어 여성독자의 저변을 넓혀 갔다는 점이죠. 이것은 조선후기 우리 고전소설의 전성시대를 여는 바탕을 만들었다 할 수 있겠습니다.

〈창선감의록〉 나왔소?

독자가 없는 문학은 죽은 것이나 다름없습니다. 〈창선감의록〉은 〈사씨남정기〉와 더불어 탄탄한 여성독자층을 형성하는 단초였던 것입니다.

창선감의록에 대하여

한 아이가 태어나서 세상에 눈을 뜰 때, 가장 먼저 보는 사람은 부모이거나 가족일 것이다. 아이의 세상은 바로 '가정'에서부터 시작된다는 말이다. 아이는 말을 배우고 사람을 구별하고 해야 될 일과 하지 말아야 할 일들을 거기서 배운다. 그때, 가정에는 하나의 일관된 규칙이 필요하다. 조선 시대의 가정에서는 그 규칙으로 '효'를 제시했다.

그런데 한 가지 문제가 있다. '효'를 다해야 할 대상인 부모가 선하지 않다면, 자식은 어떻게 해야 할까? 조금 더 상황을 구체화시켜서 계모가, 친부모가 죽은 후에 자식을 학대한다면 어떻게 해야 한단 말인가? 그 대답이 〈창선감의록〉에 있다.

이 작품에는 나쁜 엄마(계모)와 나쁜 형(배다른 형제)이, 동생들과 그의 배우자들을 학대하는 설정이다. 이때, 착한 자식들(동생들)은 그 학대를 감내한다. 마치 성경의 예수님이 말한 것처럼, 누가(나쁜 엄마와 형) 오른쪽 뺨을 때리면 왼쪽까지 내놓는 관용적 태도를 보인다.

현실의 우리들이 보기엔 정말 이해할 수 없다. 사실, 조선 시대에도 소설 속의 인물처럼 행동하진 못했을 것이다. 그러나 그 시대에 이러한 태도는 하나의 모범으로 받아들여졌다. '효'라는 관념이 거의 종교처럼 수용되던 시기였기 때문이다. 그리고 그런 태도에 걸맞게 선인들은 복을 받고 악인들은 스스로의 잘못을 뉘우친다. 누군가 벌을 받는 결말이 아니다. 일단 다른 누구를 떠나서 '엄마'와 '형'은 그 벌들을 면제받는다. 이것은 마치 〈장화홍련전〉의 아빠가―자식 살해에 관여했음에도―벌 받지 않는 결말과 매우 흡사하다.

하지만 그런 결말과 상관없이 작품의 의미는 달라진다. 다른 시대를 살아가는, 새로운 눈이 독자들에게 있는 것이다.

〈사씨남정기〉, 〈창선감의록〉과 함께 읽어도 좋은 작품

〈반씨전〉

대부분의 가정 소설은 처첩간의 갈등이 주를 이룬다. 그리고 그 구체적인 갈등의 상황은 아들을 낳느냐 못 낳느냐, 자신의 아들이 장자가 되느냐 못 되느냐로 만들어진다. 그래서 사씨의 라이벌 교씨는 애가 타고, 멍청한 아들(화춘)을 둔 심씨는 열불이 나는 것이다. 사씨남정기가 처와 첩 간의, 아들(장자) 낳기를 통한 첫째 부인 쟁탈전이었다면, 창선감의록은 계모와 배다른 자식 간의 장자 쟁탈전이라고 할 수 있다. 반씨전 역시 가정 내 세력 간의 갈등이 형상화된 작품이다. 반씨전이 위의 작품들과 다른 점이 있다면 그것은 갈등의 주체가 며느리들 사이에서 발생한다는 것이다. 보통은 '동서'지간이라고 말하는 며느리들끼리 서로 질시하고 반목하며 이야기를 이끌어 가는 것이 반씨전의 줄거리이다. 그 외에 선한 자가 행복해지는 결말은 당연히도 다른 고전 작품과 동일하다.

·줄거리

절강(浙江) 땅에 사는 위윤(魏允)·위진(魏眞)·위준(魏準) 3형제는 소년 등과하여 각각 반씨(潘氏)·채씨(蔡氏)·맹씨(孟氏)를 아내로 맞이하였다. 큰형 윤은 어질고 현명하지만 진과 준은 사람됨이 모자라고 그들의 부인도 불량하여 현숙한 반씨를 해치려 한다. 시어머니 양부인(楊夫人)이 채씨와 맹씨를 타일러 동서간에 친목하라 하여도 듣지 않으므로 대로하여 두 부인을 친정으로 보내고 아들들을 불러 질책한다. 채씨는 친정으로 쫓겨와 부모에게 자신의 잘못은 숨기고 억울함을 말하니 승상인, 채씨의 부친은 앙심을 품고 반씨의 오빠인 반시랑과 남편 위윤을 황제에게 거짓 누명을 씌워 귀양을 보낸다. 양부인이 아들을 귀양 보내고 비통 끝에 죽으니 채·맹 두 부인은 반씨를 더욱 학대한다.

그러나 반씨의 아들 흥(興)이 과거에 장원하여 한림학사 이부시랑(吏部侍郞)이 되고 이어 황제의 부마가 되어 부친의 무죄와 채 승상의 죄상을 상소하여 그를 파면케 하고 부친은 병부상서(兵部尙書)가 된다. 한편 반씨는 천신(天神)의 도움으로 죽었다 다시 살아나 남편을 만나고 채씨와 맹씨는 처형을 받게 되며, 두 아우는 북해(北海)로 정배되니 비로소 위(魏)·반(潘) 두 집안에 평화를 가져온다.

〈최척전〉은 우리의 고전소설에서는 보기 드물게 현실적인 감각이 아주 많이 살아있는 작품입니다.

고전소설

일단 〈최척전〉은 실제로 있었던 역사적 사건을 배경으로 사건을 이끕니다. 임진왜란, 정유재란, 병자호란 등의 사건이 터지고 한 단란한 가정이 어떻게 붕괴되고 회복되는지의 과정을 보여줍니다.

또 하나의 현실적인 부분은 지리감각에 관한 것입니다. 이전의 소설들은 기본적으로는 중국을 배경으로 하고 가끔 우리나라를 배경으로 했습니다. 또 환상적인 천상세계를 배경으로 한 소설도 있었죠.

小說 趙雄傳

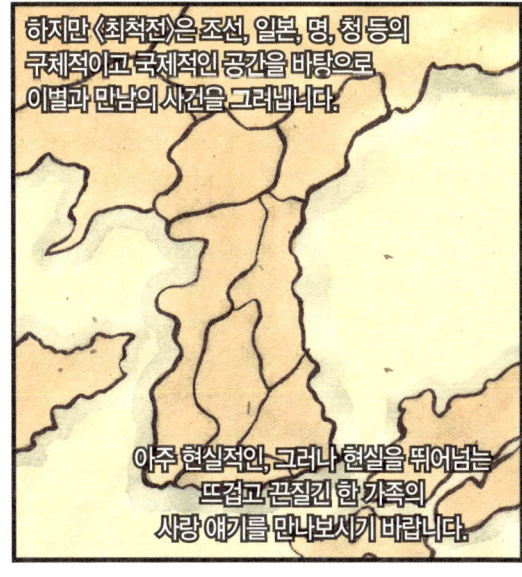

하지만 〈최척전〉은 조선, 일본, 명, 청 등의 구체적이고 국제적인 공간을 바탕으로 이별과 만남의 사건을 그립니다.

아주 현실적인, 그러나 현실을 뛰어넘는 뜨겁고 끈질긴 한 가족의 사랑 얘기를 만나보시기 바랍니다.

여유문이 죽자 최척은 여기저기를 떠돌며 여행을 합니다.

그러던 어느 날 최척은 안남의 항구에서 피리를 불면서 분위기를 잡다가 피리 소리를 듣고 쫓아온 옥영과 기적적인 상봉을 하게 됩니다.

여기서 둘의 만남을 고전소설에서 흔히 나타나는 우연적 구성이라고는 생각하지 마세요. 왜냐하면 둘 모두 자신의 사랑을 잊지 않고 그리워했기 때문입니다. 무엇보다 재혼하지 않고 자신의 절개를 지켰다는 것이 이 만남의 바탕을 그럴 듯하게 만들어주는 것이지요.

두 사람은 최척의 거처인 명나라로 가서 제2의 신혼을 시작합니다. 곧 둘째 아들 몽선이 태어났고 나중에 몽선은 장성하여 중국아가씨 홍도와 혼인하게 됩니다.

그러나 다시 한 번 이들 가족 앞에 시련이 닥쳐옵니다. 바로 병자호란이 터진 것입니다.

학문도 높고 전투경험도 많은 베테랑 병사 최척을 명군은 그냥 놓아두지 않았습니다. 최척은 명나라 병사로 차출됩니다.

기다리지 말라고 한 건…

조선군과 연합하여 청군에 대항한 명군은 대패하고 최척은 포로가 되어 수용소에 감금됩니다.

다시 한 번 그들의 행보를 정리해보겠습니다.

사건 \ 인물	최척	옥영
혼인	남원에서 신접살림 시작	
임진왜란	의병입대, 의가사제대 후 남원으로 돌아와 옥영과 합류	장남 몽석 출산
정유재란	이산 가족이 되자 여유문을 따라 명으로 감 여유문 사망 후 방랑하다가 안남에서 옥영과 상봉 옥영과 함께 명나라에 정착	왜군에게 납치 후 일본어부에게 고용됨 어선 작업 도중 안남에서 최척과 상봉 명나라로 가서 차남 몽선 출산
병자호란	대청전쟁에 명나라 군졸로 참전하였다가 포로가 됨 포로수용소에서 장남 몽석을 만나 탈출하여 조선으로 감	참전한 남편을 기다리다가 식솔들을 데리고 조선으로 감
	감격의 일가족 상봉	

우리가 기억할 점은 소설전개의 '사실성'에 있습니다.

물론 부분적으로 우연한 만남이나 부처의 계시 등이 나오기는 하지만 동시대의 다른 고전소설과 비교해 본다면 그건 정말 작은 일부에 불과한 것입니다.

역사적 사건과 그 사건이 일반 민중들에게 주는 영향을 형상화한 것은 17세기의 다른 소설들이 갖지 못한 중요한 미덕입니다.

최척전·끝

최척전에 관하여

우리는 앞에서 잘난 영웅이 고난을 이겨내고 성공하는 소설들을 봐왔다. 영웅들은 자신의 뛰어난 재능과 조력자의 도움, 우연과 초현실적 설정을 통해 라이벌을 물리치고 행복한 결말을 이끌어낸다. 우리가 하지 못하는 능력과 성공을 영웅들은 해냈고, 그것에 우리는 대리 만족을 느꼈다. 하지만 그것만으로는 무언가 부족하다. 우리는 때로 현실적인, 정말 나처럼 평범한 사람들의 이야기도 원하는 것이다.

〈최척전〉은 우리의 고전소설에서는 보기 드물게 정말 현실적이다. 임진왜란과 병자호란이라는 시대적 배경이나, 조선과 만주, 명나라와 왜국을 오가는 지리 감각은 대단히 생생하며 현장감이 넘친다. 무엇보다, 등장인물들은 특별한 능력이 없다. 그저 가족을 사랑하고 그리워하는, 우리와 같은 평범한 성품을 지녔을 뿐이다. 또한 그들을 도와주는 대단한 조력자도 없다. 그들은 그저 자신들의 노력으로 고난의 상황을 하나하나 풀어 가는 것이다(물론 부처가 나와 예언하는 꿈, 최척과 옥영의 재회에서 초현실성과 우연성을 지적할 수도 있다. 그러나 그것들은 모두 인물들의 지극한 정성에서 비롯된 것이지, 하늘에서 갑자기 뚝 떨어지는 듯한 이전 고전소설의 전개와는 상당한 차이가 있다). 〈최척전〉은 '전쟁'이라는 것이 평범한 한 가족을 어떻게 불행에 빠뜨리는지를 매우 잘 보여주는 작품이다. 그들은 조선과 일본, 명과 만주로 뿔뿔이 갈라져 서로를 그리워한다. 당시로서는 엄청나게 먼 거리를, 그리움과 끈기로 뛰어넘어 끝내는 만나고 만다.

매우 글로벌하게, 흩어진 가족들이 여러 가지 파란만장한 모험을 거쳐 만난다는 내용만으로도 〈최척전〉은 자신만의 독특한 가치를 지니고 있다. 우리의 고전소설에는 이러한 가족의 이산과 모험, 그리고 재회를 다루는 작품이 없었다. 게다가 아직까지도 이산가족이 남아 있는 대한민국 현실에서 〈최척전〉의 가족 상봉은 남다른 의미를 갖고 있다. 현재까지도 진행되는 남북전쟁의 상처가 이 작품에 그대로 오버랩되는 것이다.

현실적인 구성과 인물의 설정, 이산가족의 문제를 다뤘다는 현재적 의미는 고전소설 중에서도 〈최척전〉의 가장 빛나는 부분들이다. 우리는 그들이 어떻게 헤어졌는지를 통해서 전쟁의 상처를 배우고 그들의 만남을 통해서 가족애의 위대함을 깨닫는다. 〈최척전〉은 흔한 헐리우드의 가족영화보다 더 강력하게 '가족'의 소중함을 알려주는 것이다.

〈최척전〉을 통해 우리의 고전소설은 공중에서 지상으로, 환상에서 역사 속으로 그 배경을 옮길 수 있게 된 것입니다.

〈최척전〉과 함께 읽어도 좋은 작품

〈남윤전〉

최척전은 고전소설에서는 보기 드물게 역사적 사실과 현실적 지리를 바탕으로 이야기를 진행하는 작품이다. 임진왜란(정유재란)과 병자호란 등의 전쟁이 평범한 삶을 살아가는 사람들에게 어떤 영향을 끼쳤는지 구체적으로 형상화 해준다. 그런데 남윤전이란 작품 역시 그와 매우 흡사한 이야기 구성을 보여준다. 임진왜란이란 역사적 사건으로 헤어지게 되는 가족(연인), 국내적 공간을 넘어 해외로 설정되는 배경(일본과 중국) 등은 최척전과 닮은꼴이라고 할 수 있다. 이별의 상황을 끊임없는 노력으로 극복하게 되는 것도, 소설의 사실성이란 측면에서 공통적인 부분이라고 말할 수 있다.

•줄거리

선조 때 남공과 윤 부인 사이에 윤(胤)이 태어난다. 윤이 장성하자 행실이 빼어난 단천 부사 이경희(李景熙)의 딸과 혼인을 약속한다. 하지만 윤은 관비(官婢)인 옥경선(玉瓊仙)에게 마음을 두고 사랑을 약속한다. 결국 윤은 부모가 정해준 단천 규수를 저버릴 수 없어 경성에 올라가 이경희의 딸과 혼인한다. 신혼초야를 지낸 이튿날 임진왜란이 일어나 윤은 이부인과 이별하고, 포로가 되어서 왜국으로 끌려간다.

전쟁 후 남공 부부는 죽고, 이부인은 윤의 아들 고행(苦行)을 낳는다. 옥경선은 신관 함경감사의 수청을 거절하고 도망치다가 유진사 댁을 찾아 그 집 양녀가 되어 세월을 보내게 된다. 한편 윤의 아들, 고행은 과거에 급제하여 외직(外職)인 태수를 자원하고 어머니를 봉양하며 유리촌에서 살다가 옥경선을 만난다.

왜국으로 끌려간 윤은 왜왕의 사위가

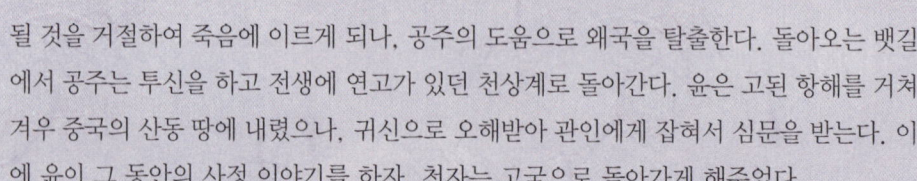

될 것을 거절하여 죽음에 이르게 되나, 공주의 도움으로 왜국을 탈출한다. 돌아오는 뱃길에서 공주는 투신을 하고 전생에 연고가 있던 천상계로 돌아간다. 윤은 고된 항해를 거쳐 겨우 중국의 산동 땅에 내렸으나, 귀신으로 오해받아 관인에게 잡혀서 심문을 받는다. 이에 윤이 그 동안의 사정 이야기를 하자, 천자는 고국으로 돌아가게 해주었다.

조선에 들어오자 국왕은 윤에게 이조판서의 벼슬을 내렸다. 그러나 아들 고행의 소식에 황해 관찰사를 자원한다. 이 무렵 천상의 일을 꿈으로 알게 된 이 부인은 다시 천상으로 돌아와 선녀가 된 공주를 만나 윤이 살아 돌아온 소식을 듣고, 아들 고행을 황주로 보내어 사실을 확인한다. 부자의 만남이 극적으로 이루어지자 윤은 고행으로 하여금 이 부인과 옥경선을 맞아오게 하여 부부의 옛정을 누린다. 두 부인에게서 새로 중행(中行)·경행(景行) 두 아들을 얻으니, 네 부자의 부귀영화는 물론이고 후손들도 행복하게 된다.

6. 풍자비판소설

일반 독자들이야 별로 생각해본 일이 없겠지만, 문학자들은 '소설이 무엇인가'라는 질문에 대해서 고민한다. 과연 소설은 어떤 것인가? 어떤 사람들은 즐거움을 이야기한다. 소설은 재미있다. 옛날 얘기를 생각해보면 정말 그렇다. 눈 오는 겨울밤, 따뜻한 아랫목에 앉아 군고구마를 먹으며 듣는 모험과 사랑의 이야기, 공포와 신비로 버무려진 환상의 이야기들은 짜릿하고 행복한 무언가가 있다.

그러나 소설이 단지 즐거움만 있는 것은 아니다. 소설 안에는 세상에 대한, 우리가 몰랐던 정보가 담겨 있다. 그래서 때로는 근엄한 선생님의 모습으로 우리를 가르친다. 더구나 소설이 다루는 것은 인간과 인간들의 세계. 길가의 돌멩이를 보듯 무심하게 스쳐 지났던 인간 세계의 일들에 관심을 보낸다. 예를 들면, 〈홍길동전〉에서 허균은 조선 시대의 신분제도가 과연 올바른 것인가 독자와 당대 사회에 질문을 던진다. 좀더 포괄적으로 말한다면, 소설은 가끔 우리들에게 이렇게 사는 것이 행복한가를 묻는다.

정말 우리는 행복할까? 대부분 아니라고 답할 것이다. 그렇다면 왜 우리는 행복하지 않은가? 어떻게 해야 행복해질 수 있을까? 아니, 우리가 '행복'이라고 부르는 것은 과연 무엇이란 말인가 등등. 소설의 질문은 끝이 없다. 아마도 수학의 방정식 문제처럼 분명하게 답이 나오는 질문은 아닐 것이다. 대신에 우리는 미처 생각해보지 못한 부분에 대해 고민하게 된다.

박지원 역시 조선후기를 살면서 다른 양반들이 발견하지 못한 문제들을 발견하고 독자들에게 제시한다. 양반이라는 권력계층이 갖고 있는 무능함, 보수성을 비판하고 그들

이 만들어 놓은 조선사회의 경제적 취약성까지도 고발한다. 하지만 박지원은 자신의 생각을 직접 털어놓기 보다는 소설을 통해 간접적으로 제시하는 방식을 선택한다. 그의 짤막짤막한 이야기 속에서 당대의 권력자들은 똥통에 빠지고 평민들에게 조롱당하며 자신의 무능함과 위선을 들키고 만다. 권력으로부터 핍박받던 이들은 이 작품을 통해 즐거움을 느낀다. 동시에 이 사회의 문제가 무엇인지를 깨닫는다.

박지원은 자신의 문제의식과 더불어 다른 작가들이 흉내 내지 못할 독특한 솜씨를 발휘한다. 바로 '웃음'이다. 양반이라는, 현실적으로는 넘기 힘든 권력계층을 수시로 조롱하고 그들의 부끄럽고 위선적인 속내를 고발한다. 다시 말해, 박지원은 자칫 무겁고 딱딱한, 그래서 재미없는 비판적 의식을 부드럽게 풀어내는 재주를 보인다. 바로 '풍자'의 예리한 붓질을 보여주는 것이다. 마치 구수하고 우스꽝스러운 옛날이야기 같지만 다 읽고 나면 차갑게 번뜩이는 칼날을 발견할 수 있다. 다른 사회비판적 소설이 갖지 못한 장점인 것이다.

소설이 세상을 변화시키진 못할 것이다. 하지만 변화의 바탕은 만들 수 있다. 박지원 역시 조선이라는 사회가 전격적으로 변할 것이라고 생각하진 못했을 것이다. 그러나 소설은 남아서, 당대 사회의 문제가 무엇인지 그 시기의 지식인이 어떠해야 했는지를 알려준다. 나아가 현재의 우리들에게도 같은 질문을 던진다.

"지금 이 세상은 과연 살만한 세상인가?"

양반전

불과 1세기 전만 해도 우리나라는 조선이란 이름의 왕국이었고, 조선에는 신분의 차이와 차별이 존재했습니다.

조선사회의 지배계층이었던 양반은 유학을 자신의 행동원칙으로 삼아 조선이란 사회를 지탱했습니다.

〈양반전〉의 저자인 박지원 역시 양반이었습니다. 그는 자꾸만 쓸모없어져 가는, 오히려 사회에 해악을 끼치는 양반이란 신분을 풍자합니다.

쯧쯧…

여기서 한 가지 우리가 주의할 사항은 박지원이 신분제사회의 철폐를 주창한 것은 아니라는 점입니다. 그는 양반들이 변화된 시대현실에 맞추어 변화 발전하기를 원했던 것이지요.

이번에는 양반의 권리에 관한 것입니다. R U Ready?

맘에 안 드는가? 그럼 좋다, 증서를 다시 써보자.

양반은 농사도 안 짓고, 장사도 않고, 대충 공부해도 벼슬할 수 있고, 햇볕에 나가지 않으니 얼굴은 백옥 같고, 매일 앉아 밥만 먹으니 아랫배에선 인격이 불쑥불쑥, 늘 룸살롱에서 나라살림 걱정하고, 애완동물로 우아하게 기르는 동물은 학학학! 이웃집 소 이웃집 일꾼 잡아다가 자기 논의 김을 맨들 누가 감히 뭐라 하며, 아무나 붙잡고 머리통을 때려도 OK, 예!

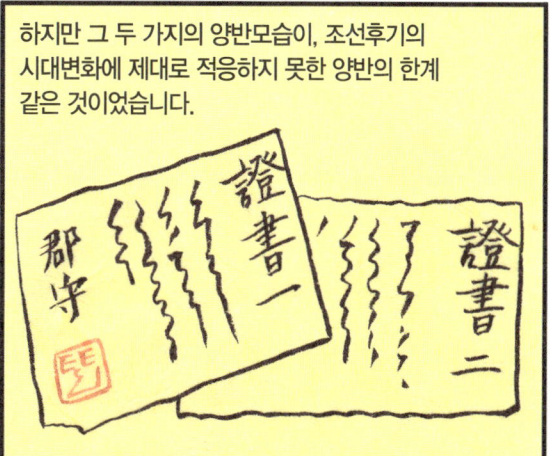

양반전·끝

양반전에 대하여

양반은 조선을 창건한 집권 세력이다. 양반들은 유학을 공부하고 그것을 정치와 생활의 원칙으로 삼았다. 그러나 시간이 흐르고 시대의 상황은 변한다. 사회를 안정시키던 유학의 효용은 점점 사라져갔고 그것의 주인인 양반 역시 그 힘을 잃어갔다. 이런 시대 상황 속에서 박지원의 소설은 시작된다. 박지원 역시 양반이었고 유학-좀더 구체적으로는 성리학-을 공부한 선비였다. 하지만 그는 좀 독특한 선비였고 양반이었다. 박지원은 현실 양반 사회의 문제점을 지적하고, 양반들이 새로운 모습으로 바뀌길 희망했다.

〈양반전〉에는 두 명의 양반이 나온다. 하나는 학식과 덕성은 훌륭하지만 경제적으로 몰락한 양반과, 부자와의 매매를 중개하고 통제하는 관리로서의 양반이다. 일단 몰락 양반의 모습에서 우리는 시대의 변화 속에 적응하지 못하는 무능력한 존재의 모습을 발견한다. 그는 훌륭한 선비지만, 최소한의 경제적 기반조차 마련하지 못해, 족보마저 팔아치운다. 또 하나의 양반은 공정한 중개자임을 자처하지만, 양반 계층의 신분을 옹호하는 음흉하고 보수적인 관리다. 그는 복잡하고 허식적인 양반의 임무를 말함으로 평민 부자를 질리게 하고, 몰염치한 양반의 권리를 말해서 평민 부자를 어이없게 만든다. 두 명의 양반은 모두 비판의 대상이다. 표면적으로 비판의 초점은 몰락 양반에게 맞춰진다. 그의 현실에 대한 무기력과 무능력은 비판받아 마땅한 것이다. 하지만 내용의 전개 속에서 우리는 또 다른 비판 대상을 발견한다. 공정한 중개자임을 자처한 관리는, 양반의 임무와 권리를 평민 부자에게 말해준다. 거기서 우리는 양반이 무척이나 헛된 형식에 사로잡혀있고, 또 얼마나 염치없고 폭력적인 존재를 알게 된다. 한 명의 인간으로서 그 내용을 용납할 수 없는 부자는 양반되기를 포기한다. 결국 돈만 날리고 양반 신분을 얻지 못하는 것이다. 이것은 완고한 양반 관리의 계층 옹호의 결과라고 할 수 있다. 직접적으로 드러나지는 않지만 그렇게 쉽게 계층간 이동을 인정할 수 없다는 양반의 의식을 대변한 것이다. 다시 말해, 양반 계층이나 양반 사회의 완강한 변화 부정의 태도를 고발하고 비판하는 것이다.

박지원의 소설은 짧고 소설적 장치 역시 부족하다. 그러나 그가 품고 있던 문제의식과 촌철살인의 풍자성은 문제적 시대를 살아가는 지식인, 혹은 작가가 어떤 모습을 보여야 하는지 하나의 모범을 제시하고 있다. 우리가 그와 같은 작가 될 필요는 없겠지만, 일상적 현실 속에서 문제점을 발견하는 시각은 언제나 필요하다. 〈양반전〉은 바로 그런 시각을 우리에게 가르친다.

허생전

허생은 양반선비로 조선 시대의 지식인이었습니다. 지식인은 단지 공부를 많이 한 사람을 의미하지 않습니다. 지식인은, 그가 안전하게 학식을 쌓고 연구할 수 있도록 해준 사회에 대한 책임을 이행해야 합니다.

〈허생전〉의 작가 박지원은 대리인인 허생을 내세워 조선이라는 유교사회의 재건을 꾀하면서 지식인의 사명을 다하고자 했습니다.

하지만 박지원 자신도 그것이 실현되기 어렵다는 것을 알고 있었던 것 같습니다. 실질적인 정책안이나 보고서가 아닌 '전'이라는 소설형식을 빌려 말한 것이 그 증거라 하겠습니다.

조선사회를 이렇게 비방하다니!

픽션이라니까!

그러나 여기서 우리는 소설의 역할 하나를 다시 한 번 깨달을 수 있습니다. '우리가 살고 있는 사회가 과연 살만한 사회인가' 혹은 '우리는 과연 행복한가' 등의 질문을 던져 우리의 삶과 세상을 다시 반성하게 하는 것이죠.

허생도 이후의 대사를 통해 이런 방법이 옳지 못하다는 것을 말합니다. 그럼 작가는 왜 이런 상행위로 허생을 움직였을까요?

고작 만 냥으로 흔들리는 조선경제의 빈약함을 보여주려고 무리수를 쓴 것이지.

만약 과일이나 말총의 생산량이 풍성했다면, 만 냥 정도로 그 물건들을 모두 사들일 수 없었겠지요.

또 하나의 문제제기는 그 품목이 '과일'과 '말총'이라는 점입니다. 왜 하필 과일이고 말총일까요?

그 당시 과일은 차례와 제사의 필수품목으로 빠져서는 안 되는 제수(제사상에 올라가는 음식)였습니다. 단순한 기호식품이나 간식거리가 아니었죠.

말총 역시 마찬가지입니다. 말총은 망건의 재료로 사용되는데, 망건은 상투를 틀고 머리를 정리하는데 쓰입니다. 양반들은 의관을 단정히 하는데 많은 신경을 썼고 그래서 말총은 무척 중요한 품목이 되는 겁니다.

결국 박지원은 두 개의 품목을 통해 '허례허식'에 신경쓰는 양반의 모습을 비판하려 한 것입니다.

어이구 어이구 어이구

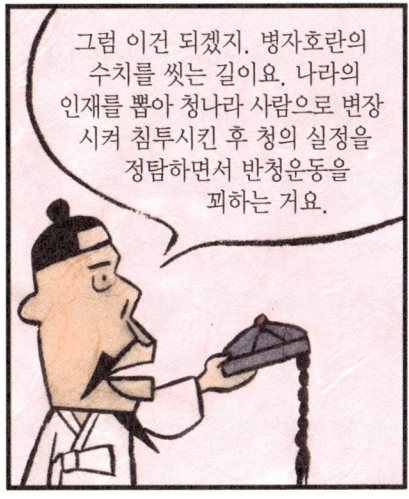

허생전에 대하여

한 줄기로 이어지는 사건의 흐름이 보이는 허생전은 마치 연재만화같다. 이를테면, 오늘은 이런 사건, 내일은 저런 사건, 각각 독립적인 사건들이 연결되는 것이다.

〈허생전〉의 첫 번째 사건은 허생의 집에서 매일같이 글만 읽는 허생에게 그의 부인이 바가지를 긁는다. 바가지는 과연 위력을 발휘하여 몇 년을 글 읽는데 매진하던 허생도 집을 뛰쳐나온다. 여기서 우리는 바가지의 파괴력보다는 허생의 생활과 집안의 경제문제를 생각해야 한다. 아빠가 일없이 매일 집에서 만화책만 본다면 집안 경제는 엉망이 될 것이다. 그런데 당대의 양반들은 바로 그런 모습으로 줄창 방구석에 앉아 있었던 것이다. 작가는 그런 양반 선비를 비판한다.

〈허생전〉의 두 번째 사건은 허생의 상업계 데뷔전이다. 도매업계 큰손으로 등장한 허생은 그 이름도 유명한 '사재기'를 시작한다. 전문 용어로 '매점매석'을 단행한 허생은 큰 이득을 본다. 여기서도 우리는 허생의 성공이나 사재기보다 허생이 사들인 품목에 관심을 기울여야 한다. 그가 산 것은 '과일'과 '말총'이다. 사실 이 두 품목은 없어도 살 수 있다. 과일 영양소는 다른 야채 등에서 얻을 수 있는 것이고, 말총 망건은 다른 헤어스타일을 창출하면 되는 것이다. 그러나 조선사회는 그러지 않았다. '의복 차려입기'와 '제사'라는 허례허식에 집착하는 양반 사회를 작가는 비판하고 싶었던 것이다.

세 번째 장면은 '빈 섬'에서의 생활이다. 도적떼를 모아 섬으로 들어간 허생은 그들과 실질적이고 생산적인 새로운 사회를 구상한다. 농경과 무역의 조선사회와는 판이하게 다른 성격이다. 이 장면에서 우리는 작가가 궁극적으로 바라는 사회의 모습이 무엇인지 그 단면을 알게 된다.

마지막 장면은 이완 대장이라는 실존 인물과의 만남이다. 인재를 찾던 조정의 벼슬아치 이완은 부자 변 씨로부터 허생을 소개받는데 그에게서 지혜로운 정책을 들으려다가 칼부림을 당한다. 허생은 망나니처럼 칼을 들고 설치고 이완은 도망간다. 이 엉뚱한 활극에 시선을 빼앗기면 안 된다. 작가는 이완의 대답을 통해 비현실적이고 명분에만 사로잡힌 양반들을 비판하려 한 것이다.

〈허생전〉은 이어지는 에피소드를 통해 박지원이라는 문제적 작가의 사상을 총체적으로 드러낸다. 그리고 우리는 타임머신을 타고 조선후기로 돌아가 그 시대의 현실과 문제를 발견할 수 있는 것이다.

호질

앞의 〈토끼전〉에서 보았듯이 우화는 강한 풍자적 효과를 가지고 있습니다.

박지원은 〈호질〉을 통해서 우리 민족에게는 영적인 존재인 호랑이를 캐릭터로 내세워 그 풍자적 강도를 더하고 있습니다.

〈호질〉은 크게 세 부분으로 구성되어 있습니다. 첫째 마당은 호랑이가 귀신들과 회동하는 동굴 안입니다.

오늘 저녁은 뭘 먹지?

제가 추천해드릴까요? 검은 뿔 같은 게 달려있는 짐승인데 꼬리가 뒤통수에 붙어있기도 한답니다.

호질·끝

호질에 대하여

〈호질〉은 호랑이의 질책이란 뜻이다. 보통 '산군(산의 임금님)'이라 불리는 신령스러운 호랑이가 뭘 따지고 야단친단 말인가? 늘 그렇듯이 박지원은 호랑이라는 우화적 설정을 통해 양반의 위선과 헛됨을 야단친다.

〈호질〉은 매우 짧지만 무척 재미있는 작품이다. 허기진 호랑이가 별식으로 입맛을 돋우기 위해 '양반'이란 음식을 찾아간다. 그 대상자는 덕이 높기로 이름 높은 '북곽 선생'. 그러나 그는 사실 두 얼굴의 사나이로, 역시 동네에서 열녀로 이름 높은 두 얼굴의 여인 '동리자'와 그렇고 그런 사이다. 둘의 은밀한 밀회를 발견한, 멍청이(아버지가 모두 다른) 오형제는 여우가 북곽 선생으로 변신한 것이라 생각하고 그를 쫓는다. 잡히면 이게 웬 개망신인가 생각한 북곽 선생 도망치다가 똥통에 빠지고, 냄새를 풀풀 풍기며 나오는데 호랑이를 만난다. 덕이 높고 지조와 절개가 높은, '양반 스페셜 샤부샤부'를 생각한 호랑이는 풍겨오는 구린내에 그만 시식을 포기하고 만다. 물론, 통렬한 양반비판을 남기고 사라진다. 그래도 정신 못 차린 북곽 선생, 지나가는 농부에게 헛소리를 지껄이며 소설은 결말을 맺는다.

〈호질〉은 매우 강렬하게 주제를 장식한다. 호랑이가 처음에 생각한 '양반'은 우리가 통상적으로 생각하는 표면적인 양반의 모습이다. 그것이 음식이라면, 친환경 유기농 재배로 만들어진 웰빙 먹거리다. 그러나 실상은 그렇지 못 하다. 그는 위선적인 호색한이며, 입만 살아 있는 비겁자인 것이다. 이때 우리의 통상적 관념은 깨지고 반전이 시작된다. 양반의 실상은 통렬하게 드러나고, 음식으로의 양반은 구린내 나는 똥덩어리가 되는 것이다. 이렇게까지 강렬한 양반 비판은 없었다. 비록 한문소설이긴 하지만 만약 평민이 이 글을 읽을 수 있었다면 그 누구보다 즐거워했을 강한 카타르시스가 작품에 있는 것이다. 현대의 독자인 우리들 역시 호랑이의 음식탐방을 통해, 한 인물이 어떻게 희화화되고 망가질 수 있는지 '개그'의 기본을 알 수 있게 된다. 웃음의 바탕 중 하나가 권위의 대상을 효과적으로 망가뜨리는 것이다. 박지원은 그걸 알고 있었다.

〈양반전〉,〈허생전〉,〈호질〉과 함께 읽어도 좋은 작품

〈마장전〉

> 오늘 저녁은 뭘 먹지?

박지원의 양반 비판은 단순하지 않다. 그의 전 작품들에 걸쳐 꾸준하고 다양하게 나타난다. 위의 세 작품이 각각 양반의 횡포와 허례허식(양반전), 경제적 무능과 실질적이지 못한 정치(허생전), 위선과 부도덕(호질)에 대한 비판을 하고 있다면, 마장전은 양반들의 교우관계에 대한 위선, 작위적인 예의들을 비판하고 있다. 또 하나 형식적으로도 상당히 새로운 면모를 보여준다. 조탑타가 묻고 장덕홍, 송욱이 대답하는 방식으로 대화체 구성이 이루어진다. 그리고 여기서 조탑타는 기존 양반의 가치관을 대표하고 장덕홍 등은 박지원이 주장하는 새로운 가치관을 대변한다. 두 개의 관점은 서로 대립하다가 작품의 말미에 가서 성리학적 관점에 반하고 새로운 가치관을 추구하는 것으로 마무리된다.

•줄거리

'마장'은 말 거간꾼이라는 의미의 말이다. 이 작품은 당시의 군자의 사귐이 말 거간꾼의 술수와 같다는 것을 풍자한 내용을 담고 있다. 송욱, 장덕홍, 조탑타 세 사람이 광통교 위에서 친구의 도리에 대해 토론을 한다. 이들은 비록 저자에 돌아다니는 사람들이지만, 세속적인 사교 방법을 버리고 참된 우정을 추구하는 인물들이다. 양반들의 사교는 겉으로는 고결하고 군자스러운 것 같지만, 실제로는 권세와 명예와 이익을 추구하는 것으로 그 사귀는 방법도 자연스러운 것이라기보다는 작위적인 술수를 동원할 뿐이라는 것을 풍자하고 있다. 진심을 드러내지 않고 가면을 쓴 채 사귐을 맺는 당시 양반들과 같은 사귐을 절대로 하지 않겠다고 맹세하면서, 군자의 사귐을 말 거간꾼이 흥정을 붙이는 것같이 상대방을 속이고 진심을 은폐하고 있다고 비판한다.

광문자전

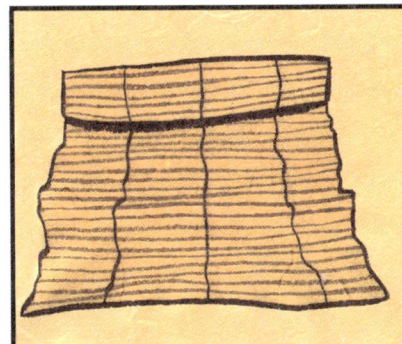

지금까지 여러분이 읽은 고전소설의 주인공들은 대부분 고귀한 혈통에 잘 생긴 얼굴, 뛰어난 능력으로 똘똘 뭉친 슈퍼스타였습니다.

그러나 〈광문자전〉의 주인공 광문이는 부모 없는 비천한 거지에다 얼굴까지 못생겼습니다.

하지만 광문이는 양반들이 갖지 못한, 혹은 가져야 하는 덕성을 가지고 있었습니다.

박지원은 이렇게 양반비판에서 한 걸음 더 나아가 근대사회를 열어갈 새로운 인물상을 제시하고 있는 것입니다.

광문자전·끝

광문자전에 대하여

고전소설의 인물형은 대체로 비슷비슷하다. 어려운 말로 '전형적 인물'이라고 한다. 주인공들은 착하고 잘생기고 능력 있고 악인들은 못생겼는데 잔꾀만 발달했다. 특히 영웅소설의 경우는 그 양태가 거의 고정되어있다. 하지만 인물의 '전형성'이란 것이 꼭 나쁘지만은 않다. 어떤 계층의 성격을 대표하기 때문에, 우리는 '그'나 '그녀'를 이해하는 데 무리가 없다. 그러나 세상 사람들이 공통적인 유사성만 갖고 있을 리가 없다. 이미 경험을 통해 알고 있지만, 사람들의 성격은 섬세한 부분에서 매우 다르다. 그것이 바로 인물의 개성이다. 소설이 근대화되면서 인물은 '전형성'과 함께 '개성'을 형상화하는데 주력한다.

박지원의 〈광문자전〉이 바로 근대화된 개성적 인물을 주인공으로 하는 작품이다. 일단 주인공인 광문이는 신분부터가 비천한 '거지'출신이다. 무슨 숨겨진 혈통이 있는 것도 아니고 진짜 거지다. 박지원의 다른 작품인 〈예덕선생전〉에서의 엄행수가 '똥 푸는 직업'을 가진 것과 마찬가지로 비천한 신분이다. 이전 인물들이 전생 신선이거나 귀족관리의 자제, 최소한 양반의 서자 서녀였던 것을 생각하면 놀라운 계층 전락이다. 하지만 우리 주변에 존재하는 인물군이고 그것은 현실성과 개성의 바탕을 만들어낸다.

두 번째로 독특한 인물성은, 광문이에게 비범한 재능 따위가 도무지 눈에 띄지 않는다는 것이다. 그는 단지 의리를 지킨다. 혹은 묵묵하게 자기 일을 하는 성실성과 과묵함이 있다. 하지만 이런 건 비범한 것이 아니다. 우리 주변에서 얼마든지 찾아볼 수 있는 성품이 아니던가? 대체로 하나를 들으면 열을 안다든가, 도술과 무술 수련은 기본으로 해야 하는 것 아닌가? 그러나 광문이는 처음엔 의리의 거지, 나중엔 성실한 약국 아르바이트 정도를 묵묵히 보여준다. 평범한 긍정성, 이거야 말로 예사롭지만 아무나 갖기 힘든 미덕이 아니던가?

세 번째는 광문이의 여성관이다. 대개의 고전 주인공들은, 미남은 미녀를 만나고 미녀는 미남을 만난다. 꽃미남, 꽃미녀가 저들끼리 짝짜꿍을 하고 닭살 오르는 짓을 할 동안, 광문이는 여자를 '포기'한다. 자신이 못생겼다는 것을 알고, 여자들도 못생긴 남자는 찾지 않는다는, 단순하지만 한번도 표현되지 않았던 진리가 광문이의 입을 빌어 나오게 된다. 여자의 입장도 남자와 마찬가지다. 광문은 여성의 눈으로 남자를 볼 줄 알았던 것이다. 남녀가 차별받던 시절에, 광문이의 시각은 또 다른 개성을 획득하게 된다.

마지막 광문이의 개성은 예술적 비범성이다. 이거야말로 광문이가 갖고 있는 유일한 특기라 할 만하다. 장안의 기생들은 요즘 식으로 하면 연기자고 가수며 댄서였다. 그런데 그녀들의 가장 큰 소망은 바로 광문이의 인정을 받는 것이었다. 양반들마저 부러워 한 광문이의 이 예술 감식안은 아마도 효과적으로 지도층을 비아냥대기 위한 작가의 장치였을 것이다. 박지원은, 할 일 없이 기생이나 쫓아다니며 놀아나는 양반들을, 광문이와 기생이라는 하류계층의 인물을 통해 비판하고 있다.

새로운 소설의 등장은 여러 가지 소설적 요소를 통해 등장한다. 그중에서도 가장 중요한 것은 바로 '인물'이다. 새로운 인물 '광문'을 통해 박지원은 근대적 소설의 바탕을 마련했다.

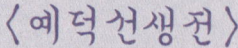

〈예덕선생전〉

광문자전의 광문이는 이전의 고전 소설 주인공과는 전혀 딴판이다. 특별한 능력이 있지도 않고 고아에다가 잘생기지도 않았다. 그저 그는 자신의 분수를 지키며 의리를 찾을 뿐이다. 박지원은 바로 이런 광문이의 성격을 통해 기존의 양반 사대부가 갖지 못한, 혹은 가져야 할 덕성을 제시했다. 그리고 박지원은 또 한 편의 소설에서 그와 같은 새로운 인물형을 창출해내는데, 그가 바로 예덕선생전의 엄행수다. 광문이가 거지 고아 출신이라면, 엄행수는 똥 치우는 일을 직업으로 한다. 옛날은 물론 지금도 그다지 반기지 않는 직업인으로 엄행수를 제시하며 새로운 시대에 어울리는 새 품성을 제시한다. 그것은 자신의 맡은 바 본분을 충실히 하는, 그리고 그에 만족하는 삶의 태도이다. 엄행수는, 말만 많고 실질적으로 자신의 할 일은 하지 않는 허세꾼들인 양반사대부를 비판하기 위해 박지원이 창조한 인물인 것이다.

•줄거리

선귤자에게 예덕선생이라는 벗이 있었는데 그는 바로 종본탑 동편에 살면서 분뇨를 나르는 엄행수다. 선귤자의 제자 자목은 그의 스승이 사대부와 친하게 지내지 않고 비천한 엄행수를 벗하는데 대하여 노골적으로 불만의 뜻을 표시한다. 대체로 엄행수의 사는 모양은 어리석은 듯이 보이고 하는 일은 비천하지만 그는 남이 알아주기를 구함이 없고 남에게서 욕먹는 일이 없으며 볼 만한 글이 있어도 보지 않고 음악에도 귀 기울이지 않는 사람이다. 이처럼 타고난 분수대로 즐겁게 살아가는 엄행수야 말로 더러움 속에서 덕행을 파묻고 세상을 떠나 숨은 사람이다. 엄행수의 하는 일은 불결하지만 그 방법은 지극히 향기로우며 그가 처한 곳은 더러우나 의를 지킴은 꿋꿋하니 엄행수를 보고 부끄러워하지 않을 사람이 몇이 되랴. 이에 감히 그 이름을 부르지 못하고 예덕선생이라 부르고 그를 존경하고 친애하는 이유를 밝힌다.

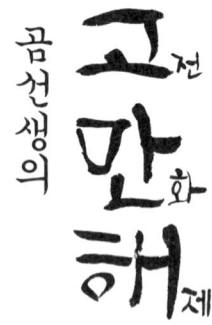

곰선생의 고전만화해제 소설편

2007년 6월 25일 초판 1쇄 발행
2023년 1월 15일 3판 5쇄 발행

지은이 김경호, 이정호
편 집 윤현정
디자인 심형훈, 정성학
마케팅 이수빈
펴낸이 원종우

펴낸곳 도서출판 길찾기
주소 경기도 과천시 뒷골로 26, 그레이스 2층
전화 02 6447 9000   팩스 02 6447 9009
e-mail edit@bluepic.kr   home http://bluepic.kr

ISBN 978-89-6052-440-8 47810

가격 15,500원